La increíble historia de...

David Walliams

La increíble historia de...

LA ABUELA
GÁNSTER

Ilustraciones de
Tony Ross

Traducción de
Rita da Costa

Montena

Título original: *Gangsta Granny*
Octava edición: diciembre de 2014

Publicado originalmente en el Reino Unido por HarperCollins Children's Books, una división de HarperCollins Publishers, Ltd.

© 2011, David Walliams, por el texto
© 2011, Tony Ross, por las ilustraciones
© 2013, Penguin Random House Grupo Ediorial, S. A. U.
Travessera de Gràcia, 47-49. 08021 Barcelona
© 2013, Rita da Costa García, por la traducción

Printed in Spain – Impreso en España

ISBN: 978-84-9043-033-0
Depósito legal: B-3.331-2013

Compuesto en Compaginem
Impreso en Cayfosa
Barcelona

GT 3 0 3 3 0

Penguin
Random House
Grupo Editorial

Para Philip Onyango,
el niño más valiente que he conocido nunca

1

Sopa de repollo

—Pero es que la abuela es taaan aburrida... —se quejó Ben. Era una fría tarde de viernes del mes de noviembre, y como de costumbre, iba repantigado en el asiento trasero del coche de sus padres, camino de la casa de la abuela, donde se veía obligado a pasar la noche una vez más—. Todos los viejos lo son.

—No hables así de tu abuela —le regañó su padre con desgana. Su gran barriga se aplastaba contra el volante del pequeño coche marrón.

—Odio quedarme con la abuela —protestó Ben—. ¡Tiene la tele estropeada, solo piensa en jugar al Scrabble y apesta a repollo hervido!

—En lo del repollo tiene razón, hay que reconocerlo —observó su madre mientras se retocaba los labios con el lápiz perfilador.

—No me estás ayudando, querida —dijo su padre entre dientes—. Como mucho, mi madre desprende un ligero olor a verduras hervidas.

—¿Por qué no puedo ir con vosotros? —suplicó Ben—. Me encanta el baile de tacón, o como se llame —mintió.

—Se llama baile de salón —lo corrigió su padre—. Y no te encanta. Según tus propias palabras, preferirías comerte tus propios mocos a ver esa bazofia.

A los padres de Ben, en cambio, el baile de salón les gustaba más que nada en el mundo, incluido su propio hijo, o eso pensaba Ben a veces. Los sábados por la noche nunca se perdían un programa de la tele llamado *Baile de estrellas* en el que varios famosos formaban pareja con bailarines profesionales.

De hecho, si hubiese un incendio en la casa y su madre tuviera que elegir qué salvaba de las llamas, entre un zapato de claqué dorado que había pertenecido a Flavio Flavioli (el célebre bailarín y galán italiano de piel bronceada y reluciente que salía en todas las temporadas del gran éxito televisivo) y su único hijo, Ben estaba convencido de que escogería el zapato. Esa noche, sus padres iban al teatro a ver *Baile de estrellas* en directo sobre el escenario.

—No sé por qué no te olvidas de esa tontería de querer ser fontanero, hijo mío, y no te planteas ganarte la vida como bailarín —comentó su madre. En ese momento, el coche saltó por encima de un badén y le hizo temblar el pulso, por lo que se rayó la mejilla de punta a punta con el lápiz perfilador. Su madre tenía la costumbre de maquillarse en el coche, y a menudo llegaba a los sitios hecha una mona—. Quién sabe, a lo mejor

hasta podrías salir en *Baile de estrellas* —añadió emocionada.

—No me lo planteo porque no se me ocurre nada más tonto que dar vueltas como una peonza en medio de una pista de baile —replicó Ben.

Su madre gimoteó un poco y sacó un pañuelo.

—Vas a darle un disgusto a tu madre. Haz el favor de estarte calladito, Ben, y portarte como es debido —ordenó su padre con firmeza mientras subía el volumen del reproductor de CD, en el que sonaba, cómo no, un recopilatorio del concurso de baile. *Cincuenta grandes éxitos del programa estrella de la televisión*, anunciaba la carátula. Ben tenía buenos motivos para odiar aquel disco, empezando por el hecho de que lo había oído millones de veces. Tantas que se había convertido para él en una forma de tortura.

La madre de Ben trabajaba en un salón de belleza local, el Centro de Estética Gail. Como tenían pocos clientes, mamá y la otra señora (que se llamaba —oh, sorpresa— Gail) se entretenían haciéndose la manicura la una a la otra. Se pulían las uñas, las limpiaban, cortaban, remojaban, hidrataban, sellaban, reparaban, limaban, pintaban y adornaban. Se pasaban todo el santo día haciéndose cosas en las uñas (a menos que Flavio Flavioli saliera en la tele, claro), lo que significaba que la madre de Ben siempre volvía a casa luciendo larguísimas extensiones de plástico multicolor en las puntas de los dedos.

El padre de Ben, a su vez, trabajaba como guardia de seguridad en el supermercado del barrio. Hasta la fecha, el gran éxito de sus veinte años de carrera había sido la detención de un anciano que llevaba escondidos en los pantalones dos paquetes de margarina. Aunque había engordado tanto que no podía salir corriendo tras los ladrones, era muy capaz de cortarles el paso e impedir que huyeran. Sus padres se habían conocido el día que él la había acusado —injustamente, dicho sea de paso— de robar una bolsa de patatas fritas, y un año después ya estaban casados.

El coche dobló la esquina con un brusco viraje y enfiló Grey Close, donde vivía la abuela en una hilera de tristes casuchas, habitadas en su mayoría por gente mayor.

El vehículo se detuvo y Ben volvió la cabeza despacio hacia la casa. Allí estaba la abuela, asomada a la ventana del salón con aire expectante. Esperándolo. Siempre estaba asomada a la ventana aguardando su llegada. «¿Cuánto tiempo llevará ahí? —se preguntó Ben—. ¿Desde el viernes pasado?»

Era su único nieto y, que él supiera, nadie más iba a verla.

La abuela lo saludó con la mano y dedicó una sonrisa a Ben, que, enfurruñado como estaba, se la devolvió de mala gana.

—Bueno, uno de nosotros vendrá a recogerte mañana por la mañana, a eso de las once —anunció el padre de Ben, que había dejado el motor en marcha.

—¿No puede ser a las diez?

—¡Ben! —bramó su padre desbloqueando el cierre de seguridad de la puerta del chico, que se apeó a regañadientes.

No necesitaba cierre de seguridad, dicho sea de paso. Tenía once años y difícilmente se le ocurriría abrir la puerta del coche en marcha. Sospechaba que su padre lo usaba para impedir que se escabullera antes de que llegaran a casa de la abuela. La portezuela se cerró a su espalda y su padre dio gas.

Antes de que llamara al timbre, la abuela salió a abrir. El olor a repollo hervido era tan fuerte que lo golpeó en la cara como si lo hubiesen abofeteado.

Físicamente, la suya era lo que se dice una abuela de manual:

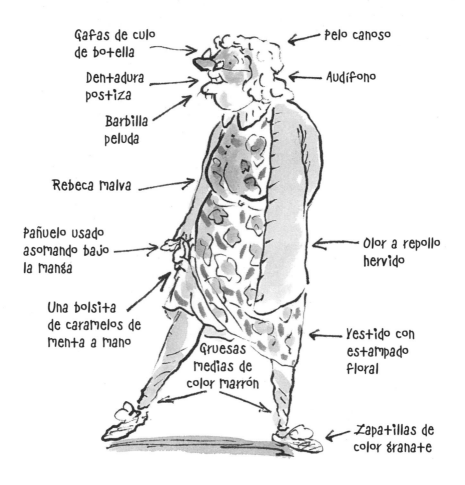

Gafas de culo de botella

Pelo canoso

Dentadura postiza

Audífono

Barbilla peluda

Rebeca malva

Pañuelo usado asomando bajo la manga

Olor a repollo hervido

Una bolsita de caramelos de menta a mano

Vestido con estampado floral

Gruesas medias de color marrón

Zapatillas de color granate

—¿Tus papás no van a entrar? —preguntó un poco abatida. Esa era una de las cosas que Ben no soportaba de la abuela: siempre le hablaba como si fuera un bebé.

¡Brummm, brrruuuummm, brrruuuummm-mmm!

Ben y la abuela vieron como el pequeño coche marrón arrancaba a toda velocidad y salvaba los badenes a trompicones. Estaba claro que a sus padres tampoco les hacía ninguna ilusión visitar a la abuela. Era tan solo un lugar en el que podían dejarlo aparcado los viernes por la noche.

—No, hummm... Lo siento, abuela... —farfulló Ben.

—Bueno, qué se le va a hacer... Pasa, vamos... —musitó la anciana—. Tengo el tablero de Scrabble a punto, y para cenar he preparado tu plato favorito... ¡Sopa de repollo!

Ben sintió que se le caía el alma a los pies.

«Lo que me faltaba», pensó.

2

Un graznido de pato

Poco después, abuela y nieto se sentaron a la mesa del comedor, frente a frente, en medio de un silencio sepulcral. Igual que todas las noches de viernes que Ben recordaba.

Cuando sus padres no estaban viendo *Baile de estrellas* en la tele, era porque se habían ido a comer un curry o al cine. Los viernes por la noche eran su «momento de pareja» y desde que Ben tenía uso de razón se quedaba con la abuela mientras tanto. Cuando no iban a ver *Baile de estrellas*, «¡en vivo y en directo sobre el escenario!», solían ir al Taj Mahal (el restaurante indio de la calle mayor, no el majestuoso palacio de mármol), donde devoraban su peso en *poppadoms*.

Los únicos sonidos que rompían el silencio eran el tictac del reloj que descansaba sobre la repisa de la chimenea y el tintineo de las cucharas en los cuencos de porcelana, que se intercalaban con los pitidos del audífono defectuoso de la abuela, un artilugio cuya finalidad parecía consistir no tanto en corregir la sordera de la abuela como en provocársela a los demás.

Esa era una de las cosas que Ben más detestaba de su abuela. Las otras eran:

1) La abuela tenía la costumbre de escupir en un pañuelo usado que le asomaba por la manga de la rebeca, y que también usaba para limpiar la cara de su nieto.

2) Su televisor se había estropeado en el año 1992, y desde entonces había ido acumulando una capa

de polvo tan gruesa que más parecía pelo de algún animal.

3) Su casa estaba abarrotada de libros y se empeñaba en que Ben los leyera, por más que él odiara leer.

4) Insistía en que se pusiera un grueso abrigo de invierno para salir a la calle todo el año, aunque hiciera un calor sofocante, no fuera «a coger una pulmonía».

5) Apestaba a repollo hervido (nadie que tuviera alergia al repollo podría acercarse a menos de quince kilómetros de ella).

6) Su idea de pasarlo bomba consistía en ir a echar mendrugos de pan mohoso a los patos del estanque.

7) Se tiraba pedos a todas horas, sin ni siquiera darse cuenta de que lo hacía.

8) Sus pedos no olían a repollo hervido sin más, sino a repollo hervido putrefacto.

9) Lo obligaba a meterse en la cama tan temprano que casi no valía la pena haberse levantado.

10) Por Navidad, le tejía a su único nieto jerséis con perritos o gatitos que sus padres le obligaban a ponerse todos los días durante las fiestas.

—¿Qué tal está la sopa? —preguntó la anciana.

Ben llevaba diez minutos removiendo aquella agüilla verdosa en el cuenco de bordes desconchados con la esperanza de que se evaporara como por arte de magia.

Pero eso no iba a ocurrir.

Y encima se estaba enfriando.

Tropezones de repollo flotando en un calducho destemplado.

—Mmm... deliciosa, gracias —contestó Ben.

—Estupendo.

Tictac, tictac.

—Estupendo —repitió la anciana.

Tintirintín.

—Estupendo.

Al parecer, hablar con Ben le resultaba tan difícil como a él con ella.

Tintirintín. Piiiiii.

—Y el cole, ¿qué tal? —preguntó la abuela.

—Aburrido —masculló Ben.

Los adultos se empeñan en preguntarles a los niños qué tal les va en el cole, el único tema del que no soportan hablar. Ni siquiera les gusta hablar del cole mientras están él.

—Ah —repuso la abuela.

Tictac, tintirintín, piiiiii, tintirintín.

—Bueno..., voy a echar un vistazo al horno —anunció la abuela después de que aquel largo silencio diera paso a otro, más largo aún—. Te he hecho una de esas empanadas de repollo que tanto te gustan.

Se levantó y se encaminó a la cocina. A cada paso que daba, su fofo trasero expelía una pequeña ventosidad. Sonaban como los graznidos de un pato. Una de dos: o no se enteraba de que lo hacía, o se le daba de maravilla hacerse la loca.

Ben esperó a que se marchara y luego cruzó la habitación sin hacer ruido, lo que no era fácil porque tenía que ir sorteando pilas de libros. A su abuela le encantaba leer, y siempre andaba con la nariz metida entre las páginas de alguno de los muchos tochos que abarrotaban las estanterías, llenaban las repisas de las ventanas o se amontonaban en los rincones.

Sus preferidos eran los de novela policíaca: historias de gánsters, atracadores de bancos, la mafia y todo eso. Ben no estaba seguro de cuál era la diferencia entre un gánster y un delincuente a secas, pero lo de gánster sonaba mucho peor.

A él no le gustaba nada leer, pero le encantaba mirar las cubiertas de los libros de la abuela, con sus llamativas ilustraciones de coches rápidos, pistolas y damas glamurosas. A Ben le costaba creer que aquella aburrida ancianita disfrutara leyendo historias que parecían tan emocionantes.

«¿Por qué estará tan obsesionada con los gánsteres? —se preguntaba—. Los gánsteres no viven en casuchas como esta. Tampoco juegan al Scrabble. Y dudo mucho que huelan a repollo hervido.»

Ben leía muy despacio, y sus profesores hacían que se sintiera como un tonto por no seguir el ritmo del resto de la clase. La directora hasta lo había hecho repetir curso con la esperanza de que así se animara a leer más deprisa. El resultado era que ahora todos sus amigos iban a otra clase y él se sentía casi tan solo en el colegio como en casa, donde sus padres solamente tenían ojos para el baile de salón.

Por fin, tras un momento crítico en el que estuvo a punto de volcar una pila de crónicas criminales, Ben alcanzó la maceta del rincón y vació en ella lo que le quedaba de sopa. La planta parecía moribunda, y si no lo estaba la sopa de repollo de la abuela acabaría de matarla.

De pronto, Ben oyó el trasero de la abuela graznando, por lo que regresó corriendo a la mesa y la esperó allí sentado ante el cuenco vacío, con la cuchara en la mano y poniendo cara de no haber roto un plato en su vida.

—He acabado la sopa, abuela. ¡Gracias, estaba buenísima!

—Me alegro de que te guste —dijo la anciana mientras avanzaba con dificultad, sosteniendo una olla—. Ahora mismo te pongo más.

Y, sonriendo, le sirvió otro tazón de sopa.

Ben tragó saliva.

3

La gaceta del fontanero

—Raj, no encuentro *La gaceta del fontanero* —dijo Ben.

Era el viernes de la semana siguiente, y el chico llevaba un buen rato rebuscando entre los estantes del quiosco. No encontraba su revista preferida, *La gaceta del fontanero*, por ninguna parte. En realidad era una revista dirigida a los profesionales del ramo, pero a Ben le fascinaban todas aquellas páginas y más páginas llenas de tuberías, grifos, cisternas, válvulas, calderas, depósitos y desagües. *La gaceta del fontanero* era lo único que le gustaba leer, sobre todo porque estaba repleta de fotografías y esquemas.

Desde que era lo bastante mayor para coger cosas con las manos, Ben adoraba la fontanería. Mientras los demás niños jugaban con patitos de goma en la bañera, él pedía a sus padres trozos de tubo con los que fabricaba complejos sistemas hidráulicos. Cuando un grifo goteaba, él se encargaba de arreglarlo. Cuando un váter se atascaba, lejos de darle asco, ¡se ponía como loco de contento!

Sin embargo, los padres de Ben no veían su vocación con buenos ojos. Querían que alcanzara fama y riqueza, y no sabían de ningún fontanero que se hubiese hecho rico y famoso. A Ben se le daba tan bien usar las manos como se le daba mal leer, y cada vez que llamaban a un fontanero para arreglar un escape se lo quedaba mirando embobado, tal como haría un aprendiz de médico al ver a un gran cirujano en acción.

Pero Ben tenía la sensación de haber decepcionado a sus padres, que solo querían ver cómo su hijo alcanzaba el sueño que a ellos se les había escapado y se convertía en bailarín profesional. Sus padres habían descubierto la pasión por el baile demasiado tarde para aspirar a ser campeones. Además, a decir verdad, preferían ver bailar a otros en la tele desde la comodidad del sofá.

Así las cosas, Ben trataba de mantener en secreto su pasión por la fontanería. Para no herir los sentimientos de sus padres, escondía su colección de revistas debajo de la cama, y había hecho un trato con Raj, el quiosquero, para que se la apartara todas las semanas. Ese viernes, sin embargo, no la encontraba.

Ben había buscado detrás de las revistas femeninas, de cotilleos, de rock y hasta debajo de los diarios, en vano. En el quiosco de Raj reinaba el caos absoluto, pero muchos de sus clientes venían de lejos porque siempre se las arreglaba para arrancarles una sonrisa.

Raj se había encaramado a una escalera de mano para colgar unos adornos navideños. Bueno, lo de navideños es un decir. En realidad era una pancarta de «Feliz cumpleaños» de la que había borrado con Tipp-Ex la palabra «cumpleaños» para garabatear en su lugar «Navidad» con un bolígrafo.

Raj se bajó con cuidado de la escalera de mano para ayudar a Ben en su búsqueda.

—Tu *Gaceta del fontanero*... Hum... Espera, que pienso. ¿Has mirado donde los bombones de *toffee*? —preguntó Raj.

—Sí —contestó Ben.

—¿Y tampoco está debajo de los cuadernos para colorear?

—No.

—¿Y has mirado detrás de las gominolas?

—Sí.

—Pues qué raro. Estoy seguro de que te la he guardado, joven Ben. Hum, muy raro... —Raj hablaba despacio, como suelen hacer las personas mientras piensan—. Cuánto lo siento, Ben. Sé que te encanta esa revista, pero no se me ocurre dónde puede estar. Tenemos los Cornettos en oferta, eso sí.

—¡Estamos en noviembre, Raj, hace un frío que pela! —replicó Ben—. ¿Quién iba a querer comerse un Cornetto ahora mismo?

—¡Todo el mundo, en cuanto se enteren de mi oferta especial! Fíjate bien: ¡compra veintitrés Cornettos y llévate uno de regalo!

—¿Y qué demonios iba a hacer yo con veinticuatro Cornettos? —dijo Ben soltando una carcajada.

—Pues, yo qué sé..., podrías comerte doce y guardar los otros doce en el bolsillo para disfrutarlos más tarde.

—Son muchos Cornettos, Raj. ¿Por qué estás tan desesperado por deshacerte de ellos?

—Caducan mañana —confesó Raj mientras se acercaba al arcón congelador, descorría la tapa acristalada y sacaba de su interior una caja de Cornettos. Una bruma helada envolvió la tienda al instante—. Mira, pone «Consumir preferentemente antes del 15 de noviembre».

Ben cogió la caja.

—Sí, «antes del 15 de noviembre de 1996».

—Bueno —dijo Raj—, razón de más para reba-jarlos. Escucha, Ben, esta es mi última oferta: ¡cóm-prate una caja de Cornettos y llévate diez cajas más totalmente gratis!

—Gracias, Raj, pero no, de verdad —contestó Ben mientras inspeccionaba con disimulo el arcón congelador, preguntándose qué más habría allí dentro. Nunca lo habían descongelado, y no le sor-prendería encontrar en su interior un lanudo ma-mut, perfectamente conservado desde la era glaciar.

—Espera un momento —dijo el chico apartan-do unos polos recubiertos de escarcha—. ¡Aquí está! ¡Mi *gaceta del fontanero*!

—Ah, sí, ahora me acuerdo —explicó Raj—. La puse ahí para que se mantuviera fresca.

—¿Para que se mantuviera fresca? —repitió Ben.

—Verás, jovencito, esta revista llega los martes y hoy es viernes, así que la guardé en el congelador para que se conservara en perfectas condiciones. No quería que se me pasara.

Ben no entendía cómo podía pasarse una revista, pero le dio las gracias de todos modos.

—Ha sido muy amable de tu parte, Raj. Ponme también un paquete de Rolo, por favor.

—¡Puedo ofrecerte setenta y tres paquetes de Rolo por el precio de setenta y dos! —exclamó el quiosquero con una sonrisa supuestamente tentadora.

—Gracias, Raj, pero no.

—¿Mil paquetes de Rolo por el precio de novecientos noventa y ocho...?

—No, gracias —insistió Ben.

—¿Te has vuelto loco, Ben? Es una ganga. De acuerdo, de acuerdo, ya veo que sabes regatear. Un millón siete paquetes de Rolo por el precio de un millón cuatro. ¡Eso son tres paquetes de Rolo completamente gratis!

—Me llevaré un solo paquete y la revista, gracias.

—¡Faltaría más, amigo mío!

—Qué ganas tengo de ponerme a leer *La gaceta del fontanero*. Lo haré esta tarde, porque no me queda otra que ir otra vez a pasar la noche con mi abuela. No veas qué aburrimiento.

Había pasado una semana desde la última visita de Ben y ya volvía a ser viernes, ese día maldito. Sus padres iban al cine a ver «una peli de chicas», en palabras de su madre. Historias de amor, besos y toda esa cursilería. Puaj, puaj y repuaj.

Raj chasqueó la lengua varias veces y movió la cabeza en señal de negación mientras contaba el cambio de Ben, que se arrepintió enseguida de haber dicho aquello. Nunca había visto al quiosquero reaccionar así. Al igual que todos los chavales del barrio, Ben veía a Raj no como un adulto, sino como «uno de los suyos». Era un hombre tan dicharachero y risueño que parecía estar a años luz de los padres, los profesores y todos los adultos que creían poder reñirte por el mero hecho de serlo.

—Solo porque tu abuela sea mayor, joven Ben —empezó Raj—, no significa que sea aburrida. Yo también me voy haciendo viejo, y siempre que he coincidido con tu abuela me ha parecido una señora muy interesante.

—Pero...

—No seas tan duro con ella, Ben —le advirtió Raj—. Todos seremos viejos algún día. Incluso tú. Y estoy seguro de que tu abuela tendrá algún que otro secreto escondido. Todos los ancianos los tienen...

4

Emoción y aventuras

Ben no dudaba mucho de que Raj tuviera razón respecto a su abuela. Esa noche ocurrió lo de siempre. La abuela le sirvió un tazón de sopa de repollo, seguida de un trozo de empanada de repollo, y de postre, mousse de repollo. Hasta había encontrado unos bombones con sabor a repollo para la sobremesa.* Después de cenar, Ben y su abuela pasaron, como siempre, al viejo sofá que olía a humedad.

—¡Es la hora del Scrabble! —exclamó la abuela.

---

* Los bombones con sabor a repollo no son tan buenos como suenan, y la verdad es que tampoco suenan tan bien.

«Genial —pensó Ben—. ¡Esta noche será un millón de veces más aburrida que la del viernes pasado!»

Ben odiaba el Scrabble. Si pudiera, construiría un cohete espacial y enviaría todos los tableros de Scrabble al espacio. La abuela sacó la polvorienta caja del aparador y desplegó el tablero sobre el puf.

Ben soltó un suspiro.

Después de lo que a Ben le parecieron décadas, aunque seguramente no habían pasado más que unas horas, consultó las letras que le quedaban. Ya había formado las siguientes palabras:

ABURRIDO

VEJESTORIO

GRAZNIDO

MALHUMOR (doble puntuación)

TUFILLO (había que comprobar que saliera en el diccionario)

ARRUGAS

AGUAFIESTAS (doble puntuación)

REPOLLO

SOCORRO

ODIOESTEESTÚPIDOJUEGO (esta la abuela la descartó por no tratarse de una sola palabra).

A Ben le quedaban una elle y dos «oes», y la abuela acababa de formar la palabra «coliflor» (doble puntuación), así que Ben usó esa «r» final para formar la palabra «rollo».

—Bueno, son casi las ocho, jovencito —anunció la abuela consultando su pequeño reloj dorado—. Ya es hora de irse a la camita.

Ben se mordió la lengua. ¡Irse a la camita! ¡Ni que tuviera dos años!

—Pero en casa nunca me acuesto antes de las nueve —protestó—. Y si al día siguiente no hay cole, me dejan quedarme despierto hasta las diez.

—No, Ben. Quiero que te vayas derecho a la cama ahora mismo. —La abuela sabía mostrarse firme cuando quería—. Y no te olvides de lavarte los dientes. Dentro de nada iré a contarte un cuento, si quieres. Antes te encantaba que te contara un cuento antes de dormir.

Ben estaba delante del lavamanos. El cuarto de baño era una habitación fría y húmeda, sin ninguna ventana. Unos pocos azulejos se habían despegado de la pared y no había nada excepto una raída toalla de manos y una pastilla de jabón muy sobada que parecía mitad jabón, mitad moho.

Ben detestaba lavarse los dientes, así que fingía hacerlo. Fingir que te lavas los dientes es fácil. No os chivéis a vuestros padres, pero si queréis intentarlo lo único que hay que hacer es seguir estos sencillos pasos:

La abuela gánster

1) Abrir el grifo del agua fría.

2) Mojar el cepillo de dientes.

3) Exprimir un poquitín de pasta de dientes en la yema del dedo y metérselo en la boca.

4) Esparcir la pasta de dientes dentro de la boca con ayuda de la lengua.

5) Escupir.

6) Cerrar el grifo.

¿Lo veis? Está chupado. Casi tanto como lavarse los dientes.

Ben se miró en el espejo del cuarto de baño. Tenía once años, pero no era tan alto como le gustaría, así que se puso de puntillas. Deseaba con todas sus fuerzas crecer y hacerse mayor.

Dentro de pocos años, pensó, sería más alto y tendría más pelo y más granos, y sus noches de los viernes serían muy distintas.

No tendría que aburrirse como una ostra en casa de la abuela, sino que podría hacer todas las cosas emocionantes que hacían los chicos mayores del barrio los viernes por la noche; a saber:

Pasar el rato con los amiguetes tirados a las puertas de la tienda de vinos y licores hasta que alguien los echara.

O bien sentarse en la parada del autobús a mascar chicle con unas chicas en chándal, sin llegar jamás a subirse a un autobús.

Sí, tenía por delante toda una vida de emoción y aventuras.

De momento, sin embargo, aunque aún no había anochecido y oía a unos chicos jugando al fútbol en el parque, Ben tenía que irse a la cama. A la incómoda camita del húmedo cuartito de la destartalada casita de la abuela. Que apestaba a repollo.

Y no un poco, no.

Muchísimo.

Con un suspiro, Ben se metió debajo de las mantas.

Justo entonces, la abuela abrió la puerta de la habitación sin hacer ruido. Ben cerró los ojos y fingió estar durmiendo. Ella se acercó a la cama caminando pesadamente, y Ben notó su presencia junto a él.

—Venía a contarte un cuento —susurró la abuela. Cuando Ben era más pequeño, solía contarle historias de piratas, contrabandistas y ladrones listísimos, pero Ben ya era muy mayor para todas esas tonterías—. Es una lástima que estés dormido —añadió—. En fin, solo venía a decirte que te quiero. Buenas noches, mi pequeño Benny.

También detestaba que lo llamaran Benny.

Y «pequeño».

La pesadilla aún no se había acabado, pues Ben notó que la abuela se inclinaba para darle un beso y sintió las gruesas púas de su barbilla rascándole la cara. Luego oyó una familiar sucesión de graznidos mientras la abuela se alejaba, soltando una ventosidad a cada paso, hasta llegar a la puerta, que cerró tras de sí, dejándolo dentro con aquella peste.

«Hasta aquí hemos llegado —pensó Ben—, ¡tengo que escapar!»

5

Un poco rota

—Jjjjjjrrrrrr... pffffff... jjjjjjjjjjrrrrrrrrr... pffffffffffff...

No, querido lector, no has comprado por error la traducción al *swahili* de mi libro. Este era el sonido que Ben estaba esperando.

Los ronquidos de su abuela.

Eso quería decir que estaba dormida.

—Jjjjjjjjjjjjjrrrrrrrrr... pffffffffffffffff... jjjjjjrrrrrr-rrrrrrrrrrr...

Ben salió a hurtadillas de su habitación y fue hasta el teléfono del vestíbulo. Era uno de esos aparatos antiguos que ronronean como un gato cada vez que marcas un dígito.

—¿Mamá...? —susurró.

—¡CASI NO TE OIGO! —le contestó su madre a gritos. Se oía música de jazz de fondo sonando a todo trapo. Sus padres estaban en el teatro, viendo *Baile de estrellas en vivo y en directo sobre el escenario.* Seguramente a su madre se le caía la baba mientras Flavio Flavioli se contoneaba sin cesar y rompía los corazones de miles de mujeres de cierta edad—. ¿Qué ocurre? ¿Va todo bien? No se habrá muerto la vieja bruja, ¿verdad?

—No, se encuentra bien, pero odio estar aquí. ¿No podéis venir a recogerme? Por favor... —susurró Ben.

—Flavio ni siquiera ha bailado el segundo número todavía.

—Por favor... —suplicó Ben—. Quiero irme a casa. La abuela es aburridísima. Esto es una tortura.

—Habla con tu padre.

Ben oyó un ruido sordo cuando el teléfono cambió de manos.

—¿DIGA? —gritó su padre.

—¡Por favor, no chilles!

—¿CÓMO DICES? —insistió sin bajar la voz.

—¡Chissst! No grites. Vas a despertar a la abuela. ¿Podéis venir a recogerme, papá, por favor? No soporto seguir aquí.

—No, no podemos. La ocasión de ver un espectáculo como este solo se presenta una vez en la vida.

—¡Pero si lo visteis la semana pasada! —protestó Ben.

—Bueno, pues dos veces en la vida.

—¡Y os he oído decir que volveréis a verlo la semana que viene!

—Escúchame bien, jovencito: déjate de impertinencias o te quedarás con la abuela hasta Navidad. ¡Adiós!

Su padre colgó el teléfono. Cuando Ben volvió a dejar el auricular despacio en su horquilla, el aparato emitió un leve tintineo.

De pronto se dio cuenta de que los ronquidos de la abuela habían cesado.

¿Lo habría oído? Miró a su espalda y le pareció ver una sombra, pero enseguida se desvaneció.

Era verdad que la abuela le parecía aburridísima, pero no quería que ella lo supiera. Al fin y al cabo, era una anciana solitaria cuyo marido había muerto mucho antes de que Ben naciera. Sintiéndose un poco culpable, volvió sobre sus pasos hasta la habitación de invitados y esperó y esperó y esperó hasta que salió el sol.

Al día siguiente, mientras desayunaban, la abuela parecía cambiada.

Más callada. Envejecida, quizá. Un poco rota.

Tenía los ojos enrojecidos, como si hubiese estado llorando.

«¿Me habrá oído? —se preguntó Ben—. Espero que no.»

La abuela estaba de pie junto al horno mientras Ben desayunaba, sentado a la pequeña mesa de la cocina. La anciana fingía consultar un calendario colgado en la pared, junto al horno. Ben sabía que estaba fingiendo porque en el calendario de la abuela no había absolutamente nada digno de interés.

He aquí un ejemplo de lo que pasaba una semana cualquiera en la ajetreada existencia de la abuela:

Lunes: hacer sopa de repollo. Jugar al Scrabble consigo misma. Leer un libro.

Martes: hacer empanada de repollo. Leer otro libro. Tirarse pedos.

Miércoles: preparar una «sorpresa de chocolate». La sorpresa consistía en que no llevaba ni pizca de chocolate. De hecho, solo llevaba repollo.

Jueves: chupetear un caramelo de menta durante todo el día (un solo caramelo podía durarle años).

Viernes: seguir chupeteando el mismo caramelo de menta. Esperar a su queridísimo nieto.

Sábado: despedir a su queridísimo nieto. Sentarse a descansar un rato, después de tanto trajín.

Domingo: comer repollo asado, acompañado de repollo estofado y repollo hervido. Pederse todo el día.

Al cabo de un rato, la abuela apartó los ojos del calendario.

—Tus padres no tardarán en llegar —dijo al fin rompiendo el silencio.

—Sí —asintió Ben mirando el reloj de muñeca—. Solo faltan unos minutos.

Unos minutos que más parecían horas. Días, incluso. ¡Meses!

Un minuto puede durar una eternidad. ¿No me creéis? Pues probad a encerraros en vuestra habitación sin hacer otra cosa que contar sesenta segundos.

¿Lo habéis probado? No me lo creo. Lo digo en serio, quiero que lo hagáis de verdad.

No pienso seguir contando la historia hasta que lo hagáis.

Vosotros veréis...

Tengo todo el tiempo del mundo.

A ver, ¿lo habéis hecho? Estupendo. Ya podemos seguir adelante.

Pocos segundos después de las once de la mañana, el pequeño coche marrón se paró delante de la casa de la abuela. Como si fuera la cómplice de un asaltante de bancos, la madre de Ben dejó el motor en marcha e, inclinándose a un lado, abrió la puerta del copiloto para que Ben se subiera y pudieran salir pitando.

Ben se fue hacia el coche arrastrando los pies mientras la abuela lo miraba desde el portal.

—¿Te apetece entrar a tomar una taza de té, Linda? —dijo la anciana levantando la voz.

—¡No, gracias! —contestó la madre de Ben—. ¡Vamos, hijo mío, por lo que más quieras, súbete de una vez! —dijo dando gas—. No me apetece nada hablar con la vieja momia.

—¡Calla, que te va a oír! —dijo Ben.

—Creía que no te gustaba la abuela —observó su madre.

—Nunca he dicho eso, mamá. Lo que dije es que me parecía aburrida, pero no hace falta que ella lo sepa, ¿no crees?

Su madre se echó a reír mientras arrancaba a toda velocidad.

—Yo que tú no me preocuparía, Ben. Tu abuela chochea bastante. Seguramente ni siquiera entiende la mitad de lo que dices.

Ben frunció el ceño. No las tenía todas consigo. Ni mucho menos. Recordó la cara de la abuela durante el desayuno. De pronto tuvo la terrible sensación de que entendía mucho más de lo que él creía...

6

Mejunje de huevo

Aquel viernes por la noche podría haber sido tan mortalmente aburrido como el anterior, si no fuera porque Ben se había acordado de llevar consigo la revista. Una vez más, sus padres lo habían dejado aparcado en casa de la abuela.

Nada más llegar, Ben se encerró en su cuartucho húmedo y frío, cerró la puerta y leyó de cabo a rabo el último número de *La gaceta del fontanero*. Había un artículo especial, con montones de fotografías a todo color, que enseñaba paso a paso cómo instalar los nuevos modelos de calderas mixtas. Ben dobló la esquina de esa página. Ya sabía qué pedir por Navidad.

Cuando acabó de hojear la revista, se fue a la sala de estar con un suspiro de resignación. Sabía que no podía pasarse toda la tarde encerrado en su cuarto.

La abuela sonrió al verlo.

—¡Es la hora del Scrabble! —exclamó alegremente sosteniendo el tablero.

A la mañana siguiente reinaba un silencio sepulcral en la pequeña y desvencijada cocina de la abuela.

—¿Otro huevo duro? —preguntó la anciana.

A Ben no le gustaban los huevos duros, y aún no había acabado de comer el primero. La abuela era capaz de estropear hasta los platos más sencillos. Los huevos duros siempre le quedaban medio crudos, y las tostadas, en cambio, carbonizadas. Aprovechando un descuido de la anciana, Ben arrojaba el mejunje de huevo por la ventana y dejaba caer el pan chamuscado detrás del radiador, que para entonces debía de parecer un cementerio de tostadas.

—No, gracias, abuela. Estoy llenísimo —respondió Ben—. El huevo estaba delicioso, gracias —añadió.

—Hum... —farfulló la anciana, como si no acabara de creérselo—. Ha refrescado un poco. Voy a ponerme otra rebeca y vuelvo enseguida —dijo, aunque ya llevaba dos rebecas, una encima de la otra. La abuela salió de la habitación graznando a cada paso.

Ben tiró el resto del huevo por la ventana y trató de encontrar otra cosa que comer. Sabía que la abuela tenía un alijo secreto de galletas de chocolate en una de las baldas más altas de la cocina. Siempre le daba una por su cumpleaños. Él sacaba alguna a escondidas de vez en cuando, siempre que los manjares a base de repollo de la abuela lo dejaban muerto de hambre.

Arrimó la silla a un armario de la cocina y se encaramó a ella para alcanzar las galletas. Sacó la lata del armario. Era una gran lata conmemorativa de cuando la reina Isabel II había celebrado su jubileo de plata, en 1977. Un retrato rayado y desteñido de la reina, mucho más joven que ahora, adornaba la tapa. La lata pesaba lo suyo. Bastante más de lo habitual.

Qué raro.

Ben la sacudió un poco. No parecía que en su interior hubiese galletas, sino más bien piedras o canicas.

Muy, muy raro.

Ben desenroscó la tapa.

Se la quedó mirando boquiabierto.

Los ojos le hacían chiribitas.

No podía creer lo que veía.

¡Diamantes! Anillos, pulseras, collares, pendientes, todos con enormes y relucientes diamantes. ¡Diamantes, diamantes y más diamantes!

Ben no era un experto en la materia, pero supuso que en aquella lata habría miles de libras en joyas, quizá incluso millones.

De pronto, unos graznidos familiares le indicaron que la abuela volvía a la cocina. Cerró la lata a toda prisa y la dejó en su balda. Se bajó de un brinco, tiró de la silla y se sentó a la mesa.

Al mirar hacia fuera, se dio cuenta de que el huevo que antes había arrojado por la ventana no había llegado a su destino, sino que se había quedado empotrado en el cristal. Si se resecaba, la abuela necesitaría un soplete para limpiarlo. Se fue corriendo hasta la ventana, sorbió aquel mejunje frío y regresó a su silla. Era demasiado asqueroso para tragárselo, así que, sin saber qué hacer, lo retuvo en la boca.

La abuela volvió a entrar en la cocina arrastrando los pies y luciendo la tercera rebeca.

Sin parar de soltar ventosidades.

—Será mejor que te pongas el abrigo, jovencito. Tus padres llegarán dentro de nada —anunció con una sonrisa.

Ben engulló de mala gana aquel mejunje frío, que resbaló por su garganta. Puaj, puaj y recontrapuaj.

—Sí —dijo temiendo vomitar y volver a estrellar el huevo contra la ventana.

Revuelto, eso sí.

7

Sacos de estiércol

—¿Puedo volver a quedarme con la abuela esta noche? —preguntó Ben desde el asiento trasero del pequeño coche marrón de sus padres. La caja de galletas con diamantes lo tenía muy intrigado, y se moría de ganas de investigar un poco, quizá incluso registrar la casa hasta el último rincón. Todo aquello era terriblemente misterioso. Raj, el quiosquero, había dicho que quizá su abuela tuviera algún que otro secreto, y al parecer así era. Además, fuera cual fuese el secreto de la abuela, tantos diamantes solo podían tener una explicación alucinante. ¿Y si había sido multimillonaria, o había trabajado en una mina de diamantes, o se los había regalado una princesa? Ben estaba impaciente por averiguarlo.

—¿Cómo? —replicó su padre asombradísimo.

—Pero si dijiste que era aburrida —señaló su madre igual de sorprendida, un poco molesta, incluso—. Dijiste que todos los viejos lo son.

—Lo decía en broma —repuso Ben.

Su padre lo miró fijamente por el espejo retrovisor. Por lo general, ya le resultaba bastante difícil comprender a Ben y su obsesión por la fontanería, pero aquello lo superaba todo.

—Mmm, bueno... Si estás seguro, Ben...

—Sí que lo estoy, papá.

—La llamaré cuando lleguemos a casa. Solo para asegurarnos de que no tenía pensado salir.

—¡Salir! —se burló su madre—. ¡La pobre no ha salido de casa en los últimos veinte años! —añadió con una risita.

Ben no acababa de verle la gracia.

—Una vez la llevé al centro de jardinería —protestó su padre.

—Solo porque necesitabas que alguien te ayudara a cargar unos sacos de estiércol —precisó su madre.

—Pero ese día se lo pasó la mar de bien —replicó su padre. Parecía ofendido.

Más tarde, cuando Ben estaba en la cama, no podía dejar de pensar en la abuela.

«¿De dónde demonios habría sacado tantos diamantes?»

«¿Cuánto valdrían?»

«¿Por qué vivía en aquella casucha de mala muerte si era tan rica?»

Por más vueltas que le diera, no encontraba respuesta a sus preguntas.

Entonces su padre entró en su habitación.

—La abuela está ocupada —anunció—. Dice que le encantaría verte, pero que esta noche tiene planes.

—¡¿Qué?! —farfulló Ben. La abuela apenas ponía un pie fuera de casa, lo sabía por su calendario. El misterio se hacía cada vez más misterioso...

8

Un peluquín en un tarro

Ben se escondió entre los arbustos que había delante de la casa de la abuela. Mientras sus padres estaban abajo, en la sala de estar, viendo *Baile de estrellas*, se había deslizado por el bajante que pasaba junto a la ventana de su habitación y había recorrido en bicicleta los ocho kilómetros que lo separaban de la casa de su abuela.

Esto de por sí era una buena muestra de la curiosidad que la abuela había despertado en Ben. No le gustaba montar en bici, aunque sus padres solían animarlo a practicar más ejercicio. Decían que estar en forma era imprescindible para llegar a ser un bailarín profesional. Pero no para meterse debajo de un fregadero y atornillar un nuevo segmento de tubo de cobre, así que Ben no hacía ejercicio a menos que lo obligaran.

Hasta ahora.

Si era cierto que la abuela iba a salir de casa por primera vez en veinte años, Ben tenía que saber adónde iba. Quizá fuera el primer paso para averiguar por qué tenía una lata repleta de diamantes.

Y así, pedaleando entre jadeos y resoplidos, Ben recorrió el camino que bordeaba el canal montado en su vieja y destartalada bicicleta hasta llegar a Grey Close. La buena noticia era que, al ser noviembre, en vez de sudar la gota gorda solo estaba ligeramente acalorado.

Pedaleaba deprisa porque sabía que tenía poco tiempo. *Baile de estrellas* parecía durar horas, días incluso, pero le llevó media hora llegar a casa de su abuela, y en cuanto se acabara el programa su madre lo llamaría para que bajara a cenar. Los padres de Ben no se perdían ningún programa de baile de la tele —*Danzando sobre hielo, Mira quién menea el esqueleto ahora*—, pero estaban completamente obsesionados con *Baile de estrellas*. Los tenían todos grabados y poseían una gran colección de objetos relacionados con el programa:

- Un tanga verde lima usado por Flavio Flavioli y enmarcado junto a una fotografía en la que el bailarín lo llevaba puesto.
- Un punto de libro de *Baile de estrellas* hecho de auténtica imitación de piel.
- Unos polvos para el pie de atleta firmados por la pareja de baile de Flavio, la belleza austríaca Eva Bunz.
- Dos pares de calentadores oficiales de *Baile de estrellas* que habían pertenecido a la pareja de bailarines.

- Un CD con canciones que habían estado a punto de sonar en el programa.
- Un tarro con un peluquín del presentador de *Baile de estrellas*, sir Dirk Dodery.
- Una fotografía a escala real, siluetada y montada sobre cartón, de Flavio Flavioli, con la boca toda embadurnada del pintalabios de su madre.
- Un tarro con un trozo de cerumen de una concursante famosa, la diputada Rachel Prejudice.
- Unas medias que olían a Eva Bunz.

- El dibujo de un culo masculino, garabateado en una servilleta por el impertinente Craig Malteser-Woodward, miembro del jurado del programa.
- Un juego de tazas oficiales de *Baile de estrellas*.
- Medio bote de espray antiinflamatorio usado por Flavio Flavioli.
- Una figura articulada de Craig Malteser-Woodward.
- Un trozo de corteza de pizza Hawaiana que Flavio había dejado en el plato (acompañado de un certificado de autenticidad firmado por Eva Bunz).

Era sábado, así que en cuanto terminara el programa la familia cenaría judías estofadas con queso gratinado. Ninguno de sus padres sabía cocinar, pero de todos los platos precocinados que la madre de Ben sacaba del congelador, pinchaba con un tenedor y metía en el microondas durante tres minutos, ese era su preferido. Ben tenía hambre y no quería saltarse la cena, lo que significaba que debía darse prisa. Si en lugar de sábado fuera lunes, por ejemplo, y tocara cenar lasaña de pollo tikka, o miércoles y tocara pizza doner kebab, o domingo y la cena fuera fideos chinos con yorkshire pudding,* no le hubiese importado tanto.

Anochecía. A finales de noviembre oscurecía pronto y la temperatura bajaba en picado en cuanto el sol se ponía. Ben temblequeaba entre los arbustos mientras espiaba a su abuela. «¿Adónde puede haber ido? —se preguntó—. Si apenas sale a la calle.»

---

* La cadena de supermercados en la que trabajaba el padre de Ben practicaba la fusión de dos gastronomías en un solo plato listo para calentar en el microondas. Quizá mezclando recetas de distintos países lograran devolver la paz a un mundo profundamente dividido. O no.

De pronto vio una sombra moviéndose dentro de la casa, y cuando el rostro de la abuela apareció en la ventana se escondió a toda prisa, haciendo estremecer las hojas de los arbustos. «¡Qué mala pata!», pensó Ben. ¿Lo habría visto?

Instantes después, la puerta de la casa se abrió despacio y de su interior salió una silueta vestida de riguroso negro de la cabeza a los pies. Jersey negro, mallas negras, guantes negros, calcetines negros, seguramente hasta sujetador y bragas negros. Un pasamontañas del mismo color le ocultaba el rostro, pero Ben reconoció a la abuela por su espalda encorvada. Parecía haber salido de la cubierta de uno de esos libros que tanto le gustaban. La abuela se sentó a horcajadas en su motosilla y arrancó.

¿Adónde demonios iría?

Y más importante aún: ¿por qué iba vestida como una ninja?

Ben dejó la bici apoyada contra los arbustos y se dispuso a seguir a su propia abuela.

Algo que ni en sueños habría imaginado que haría.

Como una araña que se escabulle por las rendijas del cuarto de baño, la abuela avanzaba pegada a los edificios en su motosilla. Ben fue tras ella, procurando no hacer ruido. No le costó demasiado seguir sus pasos, pues la motosilla alcanzaba una velocidad máxima de seis kilómetros por hora. Mientras cruzaba la calle, la abuela se volvió de pronto para mirar hacia atrás, como si hubiese oído algo, y Ben apenas tuvo tiempo de esconderse detrás de un árbol.

Esperó unos segundos sin respirar.

Nada.

Cuando sacó la cabeza comprobó que la abuela estaba al final de la calle y reanudó la persecución.

No tardaron en llegar al centro, completamente desierto. A esas horas de la noche todos los co-

mercios habían cerrado ya, pero los bares y res-
taurantes aún no habían abierto. A medida que se
acercaba a su destino, la abuela evitaba el resplandor
de las farolas y buscaba el abrigo de los portales.

Cuando vio dónde se detenía, Ben casi suelta
un grito.

La joyería.

En el escaparate refulgían collares, anillos y relojes. Ben no podía creer lo que veía cuando la abuela sacó una lata de sopa de repollo de la cesta de la motosilla. Entonces ella miró a su alrededor con aire teatral y blandió la lata en el aire como si fuera a estrellarla contra la luna del escaparate.

—¡Nooo! —gritó Ben.

La abuela dejó caer la lata, que rodó por el suelo, derramando su contenido.

—¿Ben? —susurró la abuela—. ¿Qué haces tú aquí?

9

El Gato Negro

Ben no podía apartar los ojos de su abuela, planta-
da delante de la joyería toda vestida de negro.

—¿Ben? —repitió la anciana—. ¿Por qué me
has seguido?

—Yo solo... Yo... —Ben estaba tan apabullado
que era incapaz de construir una frase.

—Bueno —dijo la abuela—. Sea como sea, tendremos a la poli encima dentro de nada. Será mejor que nos larguemos. Deprisa, súbete.

—Pero yo no puedo...

—¡Ben! Dentro de unos treinta segundos, esa
cámara de seguridad se pondrá en marcha.

Señaló una cámara atornillada a la fachada de un edificio contiguo.

Ben se encaramó a la parte trasera de la motosilla.

—¿Sabes cuándo se encienden las cámaras de seguridad? —preguntó.

—Ay, hijo mío... —contestó la abuela—, te sorprendería la de cosas que sé.

Ben miraba la espalda de la abuela mientras esta conducía. Había estado a punto de atracar una joyería, ¿cómo iba a sorprenderlo más? Saltaba a la vista que su abuela guardaba muchos secretos.

—Agárrate —le advirtió la anciana—. Voy a darle caña.

La abuela giró bruscamente el manillar, pero Ben no notó ninguna diferencia. Se alejaron con un zumbido en la noche oscura, avanzando a unos cinco kilómetros por hora con el peso añadido.

—¿El Gato Negro? —repitió Ben. Finalmente habían llegado a casa de la abuela, que había hecho té y sacado unas galletas de chocolate.

—Sí, así me llamaban —explicó la abuela—. Fui la ladrona de joyas más buscada de todo el mundo.

Las preguntas se atropellaban en la cabeza de Ben: ¿por qué, dónde, quién, qué, cuándo? No sabía por cuál empezar.

—Nadie más lo sabe, Ben —prosiguió la abuela—. Ni siquiera tu abuelo, que pasó a mejor vida sin sospechar nada. ¿Me guardarás el secreto? Tienes que prometerme que no se lo contarás a nadie.

—Pero...

La abuela le lanzó una mirada temible, entornando los ojos, que de pronto parecían más oscuros, como los de una serpiente a punto de atacar.

—Tienes que jurármelo —dijo la anciana en un tono nuevo para Ben—. Los ladrones nos tomamos nuestros juramentos muy, pero que muy en serio.

Ben tragó saliva un poco asustado.

—Juro que no se lo contaré a nadie.

—¡Ni siquiera a tus padres! —bramó la abuela, casi escupiendo la dentadura postiza sin querer.

—He dicho que juro no decírselo a nadie —replicó Ben en el mismo tono.

No hacía mucho había aprendido en clase la teoría de los conjuntos. Si juraba no decírselo a nadie, siendo «nadie» el conjunto A, quedaba claro que sus padres estaban incluidos en A y por tanto formaban un subconjunto dentro de este, así que en realidad la abuela no tenía por qué pedirle que jurara otra vez.

Fijaos en este práctico esquema:

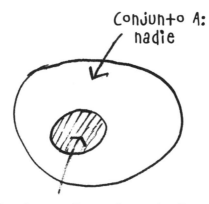

Conjunto A: nadie

Conjunto B: padres de Ben

Pero no parecía el momento más adecuado para explicarle a la abuela la teoría de los conjuntos. Puesto que esta seguía fulminándolo con la mirada, soltó un suspiro de resignación y dijo:

—De acuerdo, juro no decírselo a mis padres.

—Buen chico —repuso la abuela, y en ese momento su audífono empezó a pitar.

—Con una condición —dijo Ben.

—¿Cuál? —preguntó la abuela. Parecía un poco sorprendida por su descaro.

—Tienes que contármelo todo.

10

Todo

—Tenía más o menos tu edad cuando robé mi primer anillo de diamantes —reveló la abuela.

Ben no salía de su asombro. En parte porque le parecía impensable que la abuela hubiese tenido alguna vez su edad, y en parte porque, como es obvio, las chicas de once años no suelen dedicarse a robar diamantes. Bolígrafos de colorines, horquillas, ponis de juguete, tal vez, pero diamantes como que no.

—Sé que cuando me ves aquí sentada con el Scrabble, las agujas de punto y mi afición por el repollo piensas que no soy más que una vieja aburrida...

—No... —repuso Ben sin demasiada convicción.

—Pero olvidas, hijo, que yo también fui joven.

—¿Cómo era el primer anillo que robaste? —preguntó Ben, impaciente por saber más cosas—. ¿Tenía un diamante enorme?

La anciana rió entre dientes.

—¡No tan grande! No, aquel solo fue el primero. Todavía lo conservo. Ve a la cocina, Ben, si eres tan amable, y coge la lata de galletas del jubileo de plata.

Ben se encogió de hombros, como si no supiera nada de la lata de galletas y su asombroso contenido.

—¿Por dónde está, abuela? —preguntó al salir de la sala de estar.

—¡En lo más alto de la despensa, tesoro! —contestó la abuela a voz en grito—. Vamos, date prisa. Tus padres no tardarán en preguntarse dónde te has metido.

Ben recordó que había planeado volver a casa pronto para cenar judías estofadas con queso gratinado. De pronto, eso parecía carecer de todo interés. Es más, ya ni siquiera tenía hambre.

Ben regresó a la sala de estar sosteniendo la lata. Pesaba más incluso de lo que recordaba. Se la dio a la abuela.

—Buen chico —dijo ella hurgando en su interior hasta que sacó un anillo especialmente hermoso con un pequeño brillante engastado.

—¡Míralo, aquí está!

A los ojos de Ben, todos los anillos eran iguales. Sin embargo, la abuela parecía conocerlos y distinguirlos como si fueran sus mejores amigos.

—Mi pequeñín... —musitó la anciana cogiendo el anillo y acercándoselo al rostro para inspeccionarlo más de cerca—. Fue el primero que robé, cuando no era más que una niña.

Ben no podía imaginar qué aspecto habría tenido la abuela de pequeña. La había conocido siendo una anciana, y en su imaginación hasta había nacido siéndolo. Era como si, muchos años atrás, el día que su madre la había dado a luz, al preguntar a la comadrona si era niño o niña, esta le hubiese contestado: «¡Es una vieja!».

—Me crié en un pueblo pequeño, y mi familia era muy pobre —continuó la abuela—. En lo alto de la colina había una gran casa en la que vivía una pareja muy rica, lord y lady Davenport. Fue justo después de la guerra, y apenas teníamos para comer. Yo pasaba hambre, y una noche, cuando todos dormían, me escabullí de la casucha en la que

vivíamos y, aprovechando la oscuridad, crucé el bosque hasta la mansión de los Davenport.

—¿No tenías miedo? —preguntó Ben.

—Sí, por supuesto que tenía miedo. Estar a solas en el bosque a medianoche era aterrador. Además, en la casa había perros guardianes, unos dóbermans enormes de color negro. Sin hacer ruido, trepé por un bajante y busqué una ventana abierta. A mis once años yo era bastante enclenque y pequeña para mi edad, así que me colé por una rendija y fui a caer detrás de unas cortinas de terciopelo. Cuando las aparté, me di cuenta de que estaba en el dormitorio de lord y lady Davenport.

—¡Oh, no!

—Oh, sí —prosiguió la anciana—. Mi intención era solo coger algo de comida, pero entonces vi a este pequeñín junto a la cama —dijo señalando el anillo de diamantes.

—¿Y lo cogiste sin más?

—Verás, jovencito, la vida del ladrón de guante blanco nunca es tan sencilla —replicó la abuela—. La pareja roncaba ruidosamente, pero si los despertaba podía darme por muerta. El señor siempre dormía con una escopeta junto a la cama.

—¿Una escopeta? —preguntó Ben.

—Sí. Era un rico terrateniente, y como tal le gustaba cazar faisanes, así que tenía muchas escopetas.

Ben había empezado a sudar.

—Pero no se despertó ni intentó matarte, ¿verdad?

—Paciencia, jovencito. Todo a su debido tiempo. Me acerqué de puntillas a la cabecera de lady Davenport y cogí el anillo. No podía creer lo hermoso que era. Nunca había visto un diamante tan de cerca. Mi madre no podía ni soñar con tener un anillo así. «No necesito joyas —solía decirnos—; vosotros sois mis pequeños diamantes.» Por unos segundos, contemplé la joya que tenía entre los dedos. Era la cosa más bella que había visto en toda mi vida. De pronto sonó un gran estruendo.

Ben frunció el ceño.

—¿Qué era?

—Lord Davenport era un hombre corpulento, gordo y tragón. Esa noche debió de cenar más de la cuenta, ¡porque soltó un enorme eructo!

Ben rompió a reír, y la abuela también. Sabía que no era de buena educación reírse de esas cosas, pero no podía evitarlo.

—¡Menudo eructo soltó! —añadió la abuela, todavía riendo entre dientes—. ¡¡¡BBBUU-UUUURRRPPPPPPPPPP-PPPPPPP!!! —exclamó imitando el sonido.

Ben se tronchaba de risa.

—Fue tan sonoro —continuó la abuela— que me asusté y dejé caer el anillo al suelo de reluciente madera. El anillo hizo bastante ruido al golpear

los tablones, y los señores Davenport se desperta-
ron a la vez.

—¡Oh, no!

—¡Oh, sí! Así que cogí el anillo y me escapé por
la ventana. No me atrevía a mirar atrás, pero oía a
lord Davenport amartillando la escopeta. Salté al
césped, y de pronto todas las luces de la casa se en-
cendieron, los perros empezaron a ladrar y yo eché
a correr. Entonces oí un ruido ensordecedor...

—¿Otro eructo? —aventuró Ben.

—No, esta vez era una escopeta. Lord Davenport me disparaba mientras yo corría colina abajo
y me adentraba de nuevo en el bosque.

—¿Y qué pasó después?

La abuela consultó su pequeño reloj dorado.

—Tesoro, será mejor que vuelvas a casa. Tus
papás estarán muy preocupados.

—Lo dudo —refunfuñó Ben—. Solo piensan
en ese estúpido programa de baile.

—Eso no es cierto —replicó la abuela inespera-
damente—. Sabes que te quieren.

—Dime cómo acaba la historia —suplicó Ben
frustrado. Se moría de ganas de saber qué había
pasado a continuación.

—Te lo diré, otro día.

—Pero, abuela...

—Ben, tienes que irte a casa.

—¡No es justo!

—Tienes que irte ya, Ben. Te contaré lo que
pasó cuando vuelvas otro día.

—¡Pero...!

—Continuará —zanjó la abuela.

11

Judías estofadas con queso gratinado

Ben volvió a casa pedaleando como alma que lleva el diablo, sin notar siquiera las agujetas en las piernas y la opresión en el pecho. Iba tan deprisa que temió que lo multaran por exceso de velocidad. Las ruedas daban vueltas a un ritmo vertiginoso, igual que sus pensamientos.

«¿Era realmente posible que su vieja y aburrida abuela fuera una gánster?»

«¡¿Una abuela gánster?!»

«¡Por eso le gustaban tanto las novelas policíacas!»

Entró sigilosamente por la puerta trasera en el preciso instante en que la sintonía final de *Baile de estrellas* empezaba a sonar a todo trapo en la sala de estar. Había vuelto justo a tiempo.

Pero cuando se disponía a escabullirse escaleras arriba y fingir que había estado en su habitación haciendo deberes, su madre entró en la cocina.

—¿Qué haces? —preguntó con aire desconfiado—. ¿Por qué estás sudando?

—Ah, nada —respondió Ben sintiéndose muy sudoroso de repente.

—Mírate —insistió ella acercándose a Ben—. Estás sudando como un cerdo.

Ben había visto unos cuantos cerdos en su vida, y ninguno sudaba. De hecho, cualquier amante de los cerdos os diría que ni siquiera poseen glándulas sudoríparas, así que no pueden sudar.

Hay que ver la de cosas que se aprenden con este libro.

—No estoy sudando —protestó Ben. Ser acusado de sudar hizo que sudara aún más.

—Claro que estás sudando. ¿Has salido a correr?

—No —replicó Ben, ahora empapado en sudor.

—Ben, no me mientas. Soy tu madre —le advirtió al tiempo que se señalaba a sí misma con tal ímpetu que una de sus uñas postizas salió volando.

La verdad es que se le caían bastante a menudo. En cierta ocasión, Ben había encontrado una uña postiza en su paella a la boloñesa.

—Si no has estado corriendo, ¿cómo es que estás todo sudado?

Se le tenía que ocurrir algo, y deprisa. La sintonía de *Baile de estrellas* estaba a punto de terminar.

—¡He estado bailando! —soltó de sopetón.

—¿Bailando?

Su madre no parecía tenerlas todas consigo. Ben no era precisamente Flavio Flavioli. Por no decir que detestaba el baile de salón.

—Sí, bueno, he cambiado de opinión respecto al baile de salón. ¡Ahora me chifla!

—Pero si siempre has dicho que lo detestabas —replicó su madre, cada vez más desconfiada—. No una, ni dos veces, sino tantas que hasta he perdido la cuenta. La semana pasada, sin ir más lejos, dijiste que preferías comerte tus propios mocos a ver esa bazofia. ¡Fue como si me hubiesen clavado un puñal en el corazón!

Solo de recordarlo, su madre parecía muy disgustada.

—Lo siento, mamá, de verdad. —Ben le cogió la mano para consolarla, y al hacerlo otra de sus uñas postizas cayó al suelo—. Pero ahora me encanta, lo digo en serio. Estaba viendo *Baile de estrellas* por la rendija de la puerta y copiando todos los pasos.

Su madre sonrió muy orgullosa. Era como si, de pronto, toda su vida tuviera sentido. En su rostro había ahora una expresión extraña, mezcla de alegría y tristeza, como si todo aquello fuera cosa del destino.

—¿Me estás diciendo que quieres ser... —respiró hondo antes de terminar la frase— bailarín profesional?

—¿Dónde están mis judías estofadas, querida? —preguntó su padre a gritos desde la sala de estar.

—¡Cierra el pico, Pete! —Su madre lloraba de alegría.

No había llorado tanto desde el año anterior, cuando habían eliminado a Flavio del concurso en el segundo programa de la temporada. Lo habían obligado a formar pareja con Rachel Prejudice, que pesaba una tonelada, y lo único que había podido hacer el pobre era arrastrarla por la pista de baile.

—Bueno... hum... eeeh... —Ben buscó desesperadamente un modo de salir de aquel embrollo—. Pues sí.

No puede decirse que lo consiguiera.

—¡Sí! ¡Lo sabía! —gritó su madre—. Pete, ven aquí un momento. Ben tiene algo que decirte.

Su padre entró en la cocina con aire desganado.

—¿Qué pasa, Ben? No irás a unirte al circo, ¿verdad? Madre mía, estás empapado en sudor.

—No, Pete —replicó la madre de Ben vocalizando despacio para generar expectación, como si estuviera a punto de anunciar el ganador de un premio—. Ben ya no quiere ser un simple y triste fontanero.

—Menos mal —dijo su padre.

—De mayor quiere ser... —Su madre se volvió hacia él—. Díselo, Ben.

Este abrió la boca, pero antes de que pudiera decir nada, su madre se le adelantó y proclamó a gritos:

—¡Ben quiere ser bailarín profesional!

—¡Dios existe! —exclamó su padre. Miró hacia el techo manchado de nicotina como si esperara ver en él al Todopoderoso.

—Hasta hace un momento estaba practicando en la cocina —farfulló su madre, muy emocionada—. Copiando todos los pasos del programa...

El padre de Ben lo miró a los ojos y le estrechó la mano con firmeza.

—¡Es una noticia maravillosa, hijo mío! Tu madre y yo no hemos llegado demasiado lejos en la vida, ya ves: ella es manicura...

—¡Estilista de manos, Pete! —corrigió su madre con desdén—. No es lo mismo, y lo sabes...

—Estilista de manos, perdona. Y yo no soy más que un aburrido guardia de seguridad porque pesaba demasiado para entrar en el cuerpo de policía. Lo más emocionante que me pasó este año fue impedir que un hombre en silla de ruedas saliera de la tienda con unas natillas escondidas debajo de la manta. Pero que tú quieras ser bailarín profesional, bueno... eso es... eso es lo más grande que nos ha pasado.

—¡Que nos ha pasado nunca! —añadió su madre.

—Nunca jamás —replicó su padre.

—De los jamases —dijo su madre.

—Bueno, dejémoslo en que es algo fantástico —zanjó su padre irritado—. Pero te advierto, muchacho, que no será fácil. Si entrenas ocho horas al día, todos los días, durante los siguientes veinte años, es posible, pero solo posible, que consigas entrar en el programa de la tele.

—¡A lo mejor puede apuntarse a la versión estadounidense! —exclamó su madre—. Oh, Pete,

¿te lo imaginas?, ¡nuestro niño convertido en una estrella mediática, nada menos que en América!

—Bueno, es un poco pronto para echar las campanas al vuelo, querida. Aún no ha ganado la versión británica del concurso. Ahora mismo tenemos que centrarnos en presentarlo a alguna competición juvenil.

—Tienes razón, Pete. Gail me ha dicho que el Ayuntamiento organiza un campeonato de baile juvenil justo antes de Navidad.

—¡Descorcha una botella de vino espumoso, querida! ¡Nuestro hijo va a ser el rey de la pista de baile!

Ben soltó una palabrota para sus adentros.

Una palabrota muy fea.

¿Cómo se las arreglaría para salir de esta?

12

Rompecorazones

La madre de Ben había dedicado la mañana del domingo a tomarle medidas para hacerle un traje de baile y se había pasado toda la noche dibujando bocetos.

Obligado a elegir uno, Ben había señalado sin pizca de entusiasmo el que le pareció menos detestable.

Los modelos dibujados por su madre eran a cuál más humillante...

Estaban:

El bosque

Macedonia de frutas

Rayos y truenos

Esparadrapo a todo trapo

Fantasía sobre hielo

El tejón en el seto

La caja de bombones

Huevos con beicon

¡Vivan los novios!

Un reino bajo el mar

Amor ardiente

Queso con cebollitas en vinagre

El sistema solar

El piano de cola

Pero el que le pareció menos malo de todos fue...
el de rompecorazones:

—Tendremos que buscarte una buena pareja de baile —dijo su madre, tan emocionada que, sin querer, pasó la aguja de la máquina de coser por encima de una de sus uñas postizas, que estalló en mil pedazos.

Ben no se había detenido a pensar en ese pequeño detalle. ¡No solo iba a tener que bailar, sino que además tendría que hacerlo con una chica! Y no una chica cualquiera, sino una de lo más repelente, precoz y pizpireta, con su falso bronceado, sus leotardos y sus buenos kilos de maquillaje.

Ben tenía esa edad en que las chicas resultan tan atractivas como las huevas de rana.

—No, es que voy a bailar por mi cuenta —farfulló.

—¡Un solo! —exclamó su madre—. ¡Qué original!

—Pues sí, y la verdad es que no puedo estar aquí de cháchara todo el día. Será mejor que me vaya a ensayar —dijo Ben, y subió a su habitación. Cerró la puerta y encendió la radio. Luego salió por la ventana, montó en la bicicleta y se fue a toda pastilla a casa de la abuela.

—Nos habíamos quedado cuando huiste hacia el bosque mientras lord Davenport te disparaba... —recapituló Ben, ansioso por seguir escuchando el relato de la abuela.

Pero esta lo miró como si no supiera de qué estaba hablando.

—¿De veras? —dijo cada vez más confusa.

—Ahí nos quedamos anoche. Dijiste que habías cogido el anillo de la habitación de los Davenport y habías echado a correr por el césped cuando oíste los disparos...

—Ah, sí, sí... —murmuró la abuela, y se le iluminó el rostro.

Ben sonrió de oreja a oreja. De repente recordó lo mucho que le gustaba que su abuela le leyera cuentos cuando era pequeño, cómo lo transportaban a un mundo mágico, en el que las imágenes que ves en tu mente son más alucinantes que las de ninguna película, programa de la tele o videojuego.

¡Y pensar que la semana anterior se había hecho el dormido solo para que ella no le contara un cuento! Había olvidado lo emocionante que era.

—Allí estaba yo, corriendo como alma que lleva el diablo —continuó la abuela, jadeando como si estuviera huyendo de verdad— cuando oí el estruendo de un disparo. Y luego otro. Por el sonido supe que era una escopeta y no un fusil...

—¿Qué diferencia hay? —preguntó Ben.

—Bueno, el fusil dispara una sola bala y es más preciso. Pero la escopeta esparce cientos de pequeños balines de plomo mortales. Cualquier inútil puede matarte si te dispara con una escopeta.

—¿Y te disparó? —preguntó Ben. Se le había borrado la sonrisa del rostro. Lo único que sentía ahora era una terrible angustia.

—Sí, pero por suerte yo estaba demasiado lejos, y las balas pasaron silbando junto a mí. También oía a los perros ladrando. Me buscaban, y yo solo era una niña pequeña. Si me hubiesen cogido, aquellos perros de caza me habrían hecho pedazos.

Ben la miró horrorizado.

—¿Y cómo te las arreglaste para escapar? —preguntó.

—Me arriesgué. No podía correr más que los perros en medio del bosque. Ni el atleta más rápido del mundo habría podido hacerlo. Pero yo conocía aquel bosque como la palma de mi mano. Solía jugar allí durante horas con mis hermanos. Sabía que si conseguía cruzar el riachuelo, los perros perderían la pista.

—¿Y eso?

—No pueden seguir el rastro de su presa más allá del agua. Y al otro lado del riachuelo había un gran roble. Si trepaba a lo más alto del árbol, quizá estuviera a salvo.

Ben no conseguía imaginar a su abuela subiendo una escalera, y mucho menos trepando a un árbol. Vivía en aquella casa desde que él tenía uso de razón.

—Mientras corría hacia el riachuelo, sonaron más disparos —continuó la anciana—. Avanzaba a tientas por el bosque oscuro, y en un momento dado tropecé con la raíz de un árbol y me caí de morros en el barro. Me levanté a toda prisa, y al mirar atrás vi a un ejército de hombres a caballo, encabezados por lord Davenport. Sostenían antorchas y empuñaban escopetas. Todo el bosque estaba iluminado por las llamas de sus antorchas. Me tiré al riachuelo. Era por esta época del año, en pleno invierno, y el agua estaba helada. Me quedé paralizada de frío y apenas podía respirar. Me tapé la boca con la mano para no gritar. Oía a los perros, que se acercaban cada vez más, ladrando sin parar. Debían de ser docenas. Miré hacia atrás y vi sus afilados colmillos brillando a la luz de la luna.

»En cuanto llegué al otro lado del riachuelo empecé a trepar al árbol. Tenía las manos sucias de barro, y los pies y piernas mojados, por lo que resbalaba una y otra vez. Me froté las manos con fuerza en el camisón y lo intenté de nuevo. Me encaramé a la rama más alta del árbol y me quedé quieta como una estatua. Desde allá arriba oía a los perros y a los hombres de Davenport, que siguiendo el curso del riachuelo se internaron cada vez más en el bosque. Los ladridos de los perros se fueron haciendo cada vez más débiles, y al cabo de un rato las antorchas no eran más que pequeños destellos brillando a lo lejos. Estaba a salvo. Pasé horas temblando en lo alto de aquel roble. Esperé a que saliera el sol, y solo entonces bajé del árbol y regresé a casa. Me metí en la cama sin hacer ruido y me quedé allí unos instantes, hasta que se hizo de día.

Ben podía imaginar con todo lujo de detalles lo que contaba su abuela. Estaba fascinado.

—¿Fueron a por ti? —preguntó.

—Bueno, nadie me había visto con claridad, así que Davenport ordenó a sus hombres que peinaran la aldea. Entraron en las casas y lo revolvieron todo en busca del anillo.

—¿Contaste lo que habías hecho?

—Quería hacerlo. Me sentía muy culpable. Pero sabía que si confesaba me metería en serios apuros. Lord Davenport habría hecho que me azotaran en la plaza del pueblo.

—¿Y qué hiciste?

—Me lo... tragué.

Ben no se lo podía creer.

—¿El anillo, abuela? ¿Te tragaste el anillo?

—Pensé que era el mejor lugar para esconderlo. En mi estómago. Unos días más tarde salió cuando fui al baño.

—Eso tuvo que doler —dijo Ben encogiéndose solo de pensarlo. Expulsar un anillo con un pedrusco de dimensiones considerables por ahí abajo no debía de ser divertido.

—Fue doloroso, sí. Terrible, diría. —La abuela hizo una mueca—. Lo bueno es que para entonces ya habían registrado mi casa de arriba abajo, pero no mis bajos... —Ben soltó una carcajada—. Y los hombres de Davenport habían empezado a buscar en el pueblo de al lado. Así que una noche me fui al bosque y escondí el anillo. Lo dejé donde a nadie se le ocurriría mirar: en el riachuelo, debajo de un guijarro.

—¡Qué lista! —aplaudió Ben.

—Pero aquel anillo fue tan solo el primero de muchos, Ben. Robarlo había sido lo más emocionante que me había pasado jamás. Todas las noches, cuando me metía en la cama, solo soñaba con robar más diamantes. Aquello no fue más que el principio... —la abuela siguió hablando en susurros, mirando a los inocentes ojos de su nieto— de toda una vida de delincuencia.

13

Toda una vida de delincuencia

Las horas pasaban volando mientras la abuela contaba a Ben cómo había robado cada uno de los deslumbrantes objetos que estaban esparcidos en el suelo de la sala de estar.

La enorme tiara había pertenecido a la primera dama de Estados Unidos, la esposa del presidente. La abuela había explicado a Ben que, más de cincuenta años atrás, había viajado a América en un gran transatlántico para llevárselo de la mismísima Casa Blanca. Y, luego, en la travesía de vuelta, ¡había birlado las joyas a todas las ricachonas del crucero! También le contó que el capitán la había pillado y ella había escapado saltando por la borda y recorriendo a nado los últimos kilómetros con todas las joyas escondidas en las bragas.

La abuela contó a Ben que los rutilantes pendientes de esmeraldas que llevaban décadas ocultos en su modesta vivienda valían más de un millón de libras esterlinas cada uno. Habían pertenecido a una maharaní, la esposa de un marajá de la India inmensamente rico. La anciana contó que había utilizado a una manada de elefantes para robarlos: los había adiestrado para que se subieran a lomos unos de otros hasta formar una escalera gigante por la que ella trepó el muro del palacio de la India en cuya cámara real se conservaban los pendientes.

Pero más asombrosa aún era la historia de cómo había robado el enorme broche con diamantes azules y zafiros que ahora brillaban sobre la desgastada alfombra de la sala de estar. La abuela le explicó que había pertenecido a la última emperatriz de Rusia,

que, junto con su marido, el zar, había gobernado el país hasta la revolución comunista de 1917. El broche había permanecido muchos años encerrado en una vitrina a prueba de balas en el museo del Hermitage de San Petersburgo, protegido las veinticuatro horas del día, siete días por semana, trescientos sesenta y cinco días al año, por un pelotón de temibles soldados rusos.

Para dar aquel golpe, la abuela había necesitado el plan más elaborado de todos. Se había camuflado bajo una antiquísima armadura del museo que databa de los tiempos de Catalina II de Rusia. Cada vez que los soldados miraban hacia otro lado, la armadura avanzaba unos milímetros hasta lograr acercarse lo bastante al broche. Tardó una semana.

—¿Haciendo que jugabas al escondite inglés?

—¡Eso es, jovencito! —contestó la abuela—. Luego rompí el cristal con el hacha de la armadura y cogí el broche.

—¿Y cómo escapaste, abuela?

—Buena pregunta... Veamos, ¿cómo lo hice? —La anciana parecía confusa—. Lo siento, muchacho, es la edad. Se me olvidan las cosas.

Ben le sonrió con dulzura.

—No pasa nada, abuela.

Pero no tardó en retomar el hilo.

—Ah, sí, ya me acuerdo —dijo—. ¡Salí corriendo al patio del museo, me metí de un salto en la boca de un enorme cañón y luego lo disparé para que me enviara a un lugar seguro!

Ben se lo imaginó: su abuela, en la oscura y peligrosa Rusia, surcando el cielo dentro de una armadura con siglos de historia. Resultaba difícil de creer, pero ¿cómo si no habría conseguido aquella ancianita semejante colección de piedras preciosas?

A Ben le encantaban las aventuras de la abuela. Sus padres nunca le habían contado ni leído cuentos. Cuando volvían a casa del trabajo, se limitaban a encender la tele y dejarse caer en el sofá. Las peripecias de la anciana eran tan emocionantes que Ben deseó poder trasladarse a su casa. Podría pasarse todo el día escuchándola.

—¡No quedará una sola joya en el mundo que no hayas robado! —exclamó Ben.

—Oh, sí que quedan, jovencito. Espera un momento, ¿qué es eso?

—¿El qué? —preguntó Ben.

La abuela señaló algo situado a espaldas de Ben, con una expresión de horror en el rostro.

—Es... es...

—¿Qué? —dijo Ben sin atreverse a mirar atrás.

Un escalofrío lo recorrió de la cabeza a los pies.

—Hagas lo que hagas —le advirtió la abuela—, no te des la vuelta...

14

Un vecino metomentodo

Ben no pudo evitarlo, se le fueron los ojos a la ventana. Vislumbró una silueta oscura con un extraño sombrero al otro lado del cristal sucio, pero enseguida desapareció.

—Había un hombre mirando por la ventana —dijo Ben conteniendo la respiración.

—Lo sé —repuso la abuela—. Te he dicho que no te dieras la vuelta.

—¿Salimos a ver quién era? —sugirió Ben intentando disimular el pánico que sentía. En realidad, lo que quería era que la abuela saliera a ver quién era.

—Apuesto a que era el metomentodo del señor Parker, mi vecino. Vive en el número siete, siempre lleva un sombrero Porkpie y se dedica a espiarme.

—¿Por qué? —preguntó Ben.

La abuela se encogió de hombros.

—No sé. Supongo que porque tiene frío en la cabeza.

—¿Qué? —dijo Ben—. Ah, no, no me refería al sombrero. Preguntaba por qué te espía.

—Era comandante del ejército, y ahora que está jubilado se ha puesto al frente de la patrulla ciudadana de Grey Close.

—¿Qué es la patrulla ciudadana? —preguntó Ben.

—Un grupo de personas que montan guardia para impedir que los ladrones merodeen por el barrio. Pero el señor Parker, ese viejo entrometido, lo usa como excusa para espiar a todo el mundo. Muchas veces, al volver del súper con mi cesta de

repollos, me lo encuentro escondido tras los visi-
llos de su casa, siguiendo cada uno de mis pasos
con unos prismáticos.

—¿Crees que sospecha de ti? —preguntó Ben
muy asustado. No quería acabar entre rejas por
ser cómplice de una ladrona de guante blanco. En
realidad, no sabía qué significaba exactamente eso
de ser cómplice, pero sí que era un delito, y también que era demasiado joven para ir a la cárcel.

—Ese sospecha de todo el mundo. Será mejor
que no lo perdamos de vista, jovencito. Ese hombre es una amenaza.

Ben se acercó a la ventana y miró hacia fuera.
No vio a nadie.

¡¡¡¡¡¡DIIIIIIIIING-DOOOOOOOOONG!!!!!!

El corazón le dio un vuelco. Solo era el timbre,
pero si dejaban entrar al señor Parker tendría ante
sus ojos todas las pruebas que la policía necesitaba
para enviar a Ben y a su abuela derechos a la cárcel.

—¡No contestes! —exclamó Ben precipitándose hacia las joyas y empezando a meterlas en la lata a toda prisa.

—¿Cómo quieres que no conteste? El señor Parker sabe que estoy en casa. Acaba de vernos por la ventana. Tú ve a abrir y yo esconderé las joyas.

—¿Yo?

—¡Sí, tú! ¡Espabila!

¡D I I I I I I I I I I I I I I I I I I I I I I I N G-DOOOOOOOOOOOOOOOOOOONG!

Esta vez el timbrazo sonó más apremiante. El señor Parker había tardado lo suyo en apartar el dedo del botón. Ben respiró hondo y, con paso tranquilo, cruzó el vestíbulo hasta la puerta principal.

La abrió.

Al otro lado había un hombre con un sombrero de lo más ridículo. ¿No me creéis? Pues aquí lo tenéis, para que veáis cómo era de ridículo:

—¿Sí? — dijo Ben—. ¿En qué puedo ayudarlo?

El señor Parker adelantó un pie para que Ben no pudiera cerrarle la puerta en las narices.

—¿Quién eres tú? —preguntó con su voz gangosa y antipática.

Tenía una gran narizota que lo hacía parecer todavía más metomentodo de lo que era. Por culpa de su enorme napia, también tenía una voz muy nasal que hacía que todo lo que decía sonara ligeramente absurdo, por sensato que fuera. Y sus ojos refulgían con un brillo rojo, como los de un demonio.

—Soy un amigo de la abuela —farfulló Ben. «¿Por qué he dicho eso?», pensó. Lo cierto es que estaba tan aterrado que no daba pie con bola.

—¿Un amigo? —gruñó el señor Parker abriendo la puerta de un empujón. Era más fuerte que Ben, y este no pudo evitar que entrara.

—Quería decir que soy su nieto, señor Parker... —corrigió Ben reculando hacia la sala de estar.

—¿Por qué me mientes? —preguntó el hombre avanzando hacia Ben mientras este retrocedía. Parecía que estuvieran bailando el tango.

—¡Que no le miento! —replicó Ben a grito pelado. Estaban ante la puerta de la sala de estar.

—¡No puede entrar ahí dentro! —gritó Ben creyendo que las joyas seguían sobre la alfombra.

—¿Por qué no?

—Pueees... hum... ¡porque mi abuela está haciendo yoga en paños menores!

Ben necesitaba una excusa contundente para impedir que el señor Parker irrumpiera en el salón

y descubriera las joyas. Cuando vio que este se detenía con el ceño fruncido, se congratuló por su rapidez de reflejos.

Por desgracia, el entrometido no se lo tragó.

—¿Yoga en paños menores? ¡Y un rábano! Tengo que hablar con tu abuela enseguida. ¡Quítate de en medio, renacuajo impertinente! —dijo mientras apartaba al chico de un manotazo y abría la puerta de la sala de estar.

La abuela debió de oír a Ben, porque cuando el señor Parker irrumpió en la estancia la encontró en ropa interior, en la postura del árbol.

—¡Señor Parker, haga el favor! —protestó la abuela haciéndose la ofendida.

Los ojos del señor Parker recorrieron la habitación. No sabía dónde mirar, así que clavó la vista en la alfombra, ahora desierta.

—Perdone, señora, pero debo preguntarle dónde están las joyas que he visto aquí hace un momento.

Por el rabillo del ojo, Ben vio la lata del jubileo de plata de la reina asomando por detrás del sofá y la apartó disimuladamente con el pie.

—¿A qué joyas se refiere, señor Parker? ¿Ha vuelto a espiarme? —preguntó la abuela, todavía en ropa interior.

—Mmm, bueno, yo... —farfulló—. Tenía buenos motivos para hacerlo. Empecé a sospechar cuando vi a un joven husmeando por los alrededores. Pensé que quizá fuera un ladrón.

—Yo misma le abrí la puerta y lo invité a pasar.

—Podía haber sido un embaucador. Podía haberse ganado su confianza con malas artes.

—Es mi nieto. Se queda conmigo todos los viernes por la noche.

—¡Ah! —exclamó el señor Parker con aire triunfal—. ¡Pero hoy no es viernes! Así que, como comprenderá, tenía motivos para sospechar. Y como representante de la patrulla ciudadana de Grey

Close, debo informar a la policía de cualquier actividad sospechosa.

—¡Yo sí que tengo ganas de informar de usted a la policía, señor Parker! —le dijo Ben.

La abuela se lo quedó mirando con curiosidad.

—¿Con qué motivo, si puede saberse? —replicó el hombre entornando los ojos. Ahora los tenía tan rojos que era como si tuviera los sesos en llamas.

—¡Por espiar a una anciana en ropa interior! —replicó Ben con gesto triunfal. La abuela le guiñó el ojo.

—Estaba completamente vestida cuando la he visto por la ventana... —protestó el señor Parker.

—¡Eso se lo dirá a todas! —replicó la abuela—. ¡Ahora váyase de mi casa antes de que lo detengan por mirón!

—No crea que se librará de mí tan fácilmente —la amenazó el señor Parker— ¡Buenos días tenga!

Dicho esto, giró sobre sus talones y salió de la sala de estar. Ben y la abuela oyeron el portazo que dio al salir y vieron por la ventana cómo regresaba a su casa a grandes zancadas.

—Creo que nos hemos librado de él —concluyó Ben.

—Pero volverá —le advirtió la abuela—. Tenemos que andarnos con mucho ojo.

—Pues sí —dijo Ben alarmado—. Será mejor que escondamos la lata en otro sitio.

La abuela reflexionó unos instantes.

—Sí, la esconderé debajo de los tablones del suelo.

—De acuerdo —dijo Ben—, pero primero...

—¿Sí, Ben?

—Estaría bien que te vistieras.

15

Imprudente y emocionante

Después de que la abuela se vistiera, Ben y ella se sentaron en el sofá.

—Abuela, antes de que el señor Parker apareciera me estabas hablando de la única joya que te queda por robar —dijo Ben en un susurro.

—Hay un objeto muy especial al que todo gran ladrón le encantaría echar el guante. Pero es imposible. Sencillamente, no se puede robar.

—Apuesto a que tú sí podrías, abuela. Eres la mayor ladrona que ha existido nunca.

—Gracias, Ben. Quizá lo sea, o, mejor dicho, quizá lo fuera... y robar esas joyas en concreto bien podría ser el sueño de todo gran ladrón, pero es que es sencillamente... hum... imposible es la palabra.

—¿Has dicho «joyas»? ¿Hay más de una?

—Sí, tesoro. La última vez que alguien intentó robarlas fue hace trescientos años. Fue un tal capitán Blood. Y no creo que a Su Majestad le hiciera mucha gracia... —añadió con una risita maliciosa.

—¿No te estarás refiriendo...?

—Sí, hijo mío, a las joyas de la corona.

Ben había oído hablar de las joyas de la corona en clase de historia, una de las pocas asignaturas que le gustaban, sobre todo por las antiguas formas de castigo. La combinación de «horca, desollamiento y descuartizamiento» era su preferida, pero también le molaban la rueda desmembradora, la hoguera y por supuesto el tizón ardiente, que se les metía a los condenados por ya os podéis imaginar dónde.

¿A quién no le molarían?

En clase, Ben había aprendido que las joyas de la corona eran en realidad un conjunto de coronas, espadas, cetros, anillos, pulseras y orbes, algunos de los cuales tenían casi mil años de antigüedad. Solo se usaban cuando se coronaba a un nuevo monarca, y desde 1303 (el año, no la hora), permanecían encerradas bajo siete llaves en la Torre de Londres.

Ben había suplicado a sus padres que lo llevaran a verlas, pero los muy quejicas habían contestado que Londres quedaba demasiado lejos (mentira cochina, dicho sea de paso).

A decir verdad, nunca salían a dar paseos en familia. Cuando era más pequeño, Ben solía escuchar maravillado cómo sus compañeros de clase contaban lo que habían hecho en las vacaciones: estancias en la costa, visitas a museos o incluso viajes al extranjero. Cuando le llegaba el turno de hablar de sus recuerdos del verano, se le formaba un nudo en el estómago. Le daba tanta vergüenza reconocer que durante las vacaciones no había hecho más que comer platos precocinados y ver la tele que se inventaba que había volado una cometa, trepado a un árbol o explorado un castillo.

Ahora, en cambio, sí tenía algo que contar, algo que haría palidecer de envidia a sus compañeros de clase. ¡Su abuela era una ladrona de guante blanco, una gánster de verdad! La pega era que, si se lo contaba a alguien, la pobre pasaría el resto de sus días entre rejas.

Ben se dio cuenta de que aquella era su gran oportunidad de hacer algo disparatado, imprudente y emocionante.

—Yo podría ayudarte —afirmó en un tono frío y sereno, aunque el corazón le latía a toda prisa.

—¿Ayudarme a hacer qué? —preguntó la anciana confusa.

—¿Qué va a ser? ¡A robar las joyas de la corona!

16

Ni hablar del peluquín

—¡No! —replicó la abuela levantando la voz, y su audífono empezó a pitar como loco.

—¡Sí! —gritó Ben.

—¡No!

—¡Sí!

—¡Que no!

—¡Que sí!

—¡NOOOOOOOOOOOOOOOOOOOO OOOOOOOOOOOOOOOOOOOOOOOOO!

—¡SIIIIIIIIIIIIIIIIIIIIIIIIIIIIIIIIIII IIIIIIIIIIIIIIIIIIIIIIIIIIIIIIIIIIIIIIIIIIIÍ!

El tira y afloja prosiguió varios minutos, pero por ahorrar papel, y por tanto salvar a los árboles, y por tanto al medio ambiente, y por tanto a todo el planeta, he procurado no extenderme demasiado.

—¡Ni loca voy a consentir que un chico de tu edad participe en un golpe! ¡Y mucho menos para robar las joyas de la corona! ¡Por no mencionar el hecho de que es imposible! ¡Sencillamente imposible! —exclamó la abuela.

—Debe de haber algún modo... —suplicó Ben.

—¡Ben, he dicho que no y es que no!

—Pero...

—Nada de peros, Ben. Ni hablar del peluquín.

Ben se sentía muy decepcionado, pero la abuela no parecía dispuesta a ceder.

—En ese caso, será mejor que me vaya —concluyó abatido.

La abuela también parecía un poco triste.

—Sí, tesoro, será mejor que te vayas. Tus papás estarán preocupados por ti.

—Qué va...

—¡Ben! ¡A casa! ¡Ahora mismo!

A Ben le entristecía comprobar que la abuela se estaba convirtiendo de nuevo en un adulto aburrido, justo cuando empezaba a ponerse interesante, pero hizo lo que le dijo. Por encima de todo, no quería levantar las sospechas de sus padres, así que regresó a casa pedaleando a toda velocidad, trepó por el bajante hasta la ventana de su habitación y bajó corriendo a la sala de estar.

Sin embargo, como era de esperar, sus padres no estaban preocupados por el paradero de Ben, ni mucho menos. Estaban tan ocupados planeando su ascenso al estrellato que no se habían dado cuenta de que había salido.

Su padre había llamado una y otra vez a la central de inscripciones para el campeonato juvenil de

baile de salón, hasta que por fin logró que lo aten-
dieran y apuntó a su hijo. Mamá tenía razón, la
competición se celebraría en el Ayuntamiento en
tan solo dos semanas. No había un minuto que
perder, por lo que había estado trabajando a mar-
chas forzadas en el traje de rompecorazones.

—¿Cómo van los ensayos, muchacho? —preguntó su padre—. Parece que has estado sudando
la gota gorda.

—Van muy bien, gracias, papá —mintió Ben—.
Estoy preparando un número realmente espectacu-
cular para la gran noche.

Menudo bocazas estaba hecho, pensó. ¿Un número espectacular? Suerte tendría si no se mataba
de un porrazo.

—¡Qué ganas tenemos de verlo! ¡Ya no queda
mucho! —dijo su madre, sin apartar los ojos de la
máquina mientras cosía una hilera de corazones rojos a la pernera de unos pantalones de lycra.

—De momento me siento más cómodo ensayando a solas, mamá, ya sabes... —se excusó Ben, tragando saliva—. Hasta que esté listo del todo para enseñaros mi número.

—Claro, claro, si lo entendemos —repuso su madre.

Ben suspiró de alivio. Había conseguido arañar un poco más de tiempo.

Pero solo un poco.

En un par de semanas, tendría que salir a bailar delante de toda la ciudad.

Se sentó en la cama, alargó la mano por debajo del somier y sacó su pila de revistas de fontanería. Al hojear un número del año anterior, vio que había un artículo titulado «Breve historia de un oficio» en el que se repasaban algunos de los sistemas de alcantarillado más antiguos de la ciudad. Ben pasó las páginas a toda prisa hasta llegar al artículo en cuestión.

¡Eureka! Ya lo tenía.

Cientos de años atrás, el río Támesis, en cuya ribera se alza la Torre de Londres, había sido una cloaca a cielo abierto (lo que viene a querer decir que era un vertedero de caca y pipí).

Los edificios construidos a lo largo de las riberas disponían de grandes alcantarillas que iban directamente de los cuartos de baño al río. En la revista se incluían detallados planos históricos de varios edificios famosos de Londres en los que se indicaba el recorrido que hacían las antiguas alcantarillas hasta desembocar en el río.

Y...

El dedo de Ben se deslizó por el artículo...

¡Sí! Había un plano del alcantarillado de la Torre de Londres.

Puede que allí estuviera la clave que necesitaban para robar las joyas de la corona. La alcantarilla medía casi un metro de diámetro, lo que significaba

que era lo bastante amplia para que un niño trepara por su interior. ¡Y quizá también una viejecita!

El artículo también mencionaba que, cuando los sistemas de alcantarillado se modernizaron y se instalaron redes de desagüe adecuadas, muchas de las viejas cañerías se quedaron donde estaban sencillamente porque era más fácil que sacarlas.

Las ideas se sucedían en la mente de Ben mientras pensaba en lo que aquello significaba. Era posible, solamente posible, que siguiera existiendo una enorme tubería que iba del Támesis a la Torre de Londres y que la mayoría de los mortales, dejando a un lado los muy forofos de la fontanería, habían olvidado que estaba allí. Ben tampoco lo habría sabido si no fuera porque hacía años que no se perdía un número de *La gaceta del fontanero*.

La abuela y él podrían trepar por esa alcantarilla y colarse en la Torre...

«Mis padres están equivocados —pensó—. La fontanería puede ser de lo más emocionante.»

Eso sí, por esa alcantarilla habían corrido aguas residuales, lo que no resultaba demasiado alentador, pero cualquier resto de caca o pipí que quedara en su interior tendría cientos de años de antigüedad.

Ben no sabía si eso era bueno o malo.

En ese momento oyó como crujía el parquet y la puerta de su habitación se abrió de par en par. Su madre irrumpió en la habitación, sosteniendo un gran trozo de lycra que tenía toda la pinta de ser su traje de rompecorazones.

Ben se apresuró a esconder la revista debajo de la cama, lo que quedó fatal.

—Venía a ver si te apetecía probarte el traje —dijo su madre.

—Sí, claro —contestó Ben, sentándose en la cama en una postura extraña, tapando la pila de revistas con los talones para evitar así que su madre las descubriera.

—¿Qué es eso? —preguntó ella—. ¿Qué has escondido ahí debajo cuando he entrado? No será esa revista de pirados, ¿verdad?

—No —mintió Ben tragando saliva. Aquello parecía mucho peor de lo que era en realidad. Parecía que estaba tratando de esconder una revista guarra.

—No hay de qué avergonzarse, Ben. Creo que es saludable que empieces a interesarte por las chicas.

«¡Oh, no! —pensó Ben—. Mi madre va a hablarme de chicas!»

—No tiene nada de malo que te gusten, Ben.

—¡Sí que lo tiene! ¡Las chicas son un asco!

—Todo lo contrario, hijo mío. Es lo más natural del mundo.

«¡No va a parar!»

—¡La cena está casi lista, querida! —gritó su padre desde abajo—. ¿Qué hacéis ahí arriba?

—¡Estoy hablando con Ben sobre chicas! —respondió su madre, también a gritos.

Ben se había puesto tan rojo que si abría lo bastante la boca alguien podría confundirlo con un buzón de correos londinense.

—¡¿Qué?! —chilló su padre.

—¡Chicas! —gritó su madre—. ¡Estoy hablando con nuestro hijo sobre chicas!

—¡Ah, de acuerdo! —chilló su padre—. ¡Voy a apagar el horno!

—En fin, hijo mío, si alguna vez necesitas...

Ring, ring. Ring, ring.

Era el móvil de mamá, que había empezado a sonar en su bolsillo.

—Perdona, tesoro —se disculpó llevándose el aparato a la oreja—. Gail, ¿puedo llamarte más tarde? Es que estaba hablando con Ben de chicas. De acuerdo, gracias, hasta luego.

Colgó el teléfono y se volvió hacia Ben.

—Perdona, ¿por dónde iba? Ah, sí, si alguna vez necesitas hablar conmigo de este tema, no lo dudes. Te aseguro que seré muy discreta...

17

El plan

Al día siguiente, por primera vez en su vida, Ben decidió saltarse las clases.

Gracias a su pasión por la fontanería, había descubierto que la Torre de Londres tenía un punto débil. La fortaleza más inexpugnable del mundo, por la que habían pasado y en la que habían muerto algunos de los mayores criminales de la historia de Inglaterra, tenía un talón de Aquiles: una gran alcantarilla que desembocaba directamente en el río Támesis.

¡Aquella antigua cañería sería la puerta por la que su abuela y él entrarían y saldrían de la fortaleza! El plan era sencillamente genial, y Ben no podía disimular su emoción.

Por eso había decidido hacer novillos.

Se moría de ganas de que llegara la noche del viernes para que sus padres lo despacharan de nuevo a casa de la abuela.

Entonces intentaría convencer a la anciana de que, juntos, podían robar las joyas de la corona. Se llevaría consigo el plano del alcantarillado de la Torre de Londres que había encontrado en *La gaceta del fontanero*. Se quedarían toda la noche despiertos, repasando hasta el último detalle del que sin duda sería el golpe más osado de todos los tiempos.

La lástima era que entre el presente y la noche del viernes quedaba toda una semana de clases, profesores y deberes. Sin embargo, Ben estaba decidido a sacar el máximo provecho al tiempo que iba a pasar en la escuela.

En clase de informática, buscó la página web de las joyas de la corona y memorizó hasta el último detalle de las mismas.

En clase de historia planteó varias preguntas al profesor sobre la Torre de Londres, incluido el lugar exacto donde se conservaban las joyas (a los amantes de la información os diré que están en la llamada Casa de las Joyas).

En clase de geografía buscó un mapa de las Islas Británicas y señaló con precisión en qué punto del Támesis se alzaba la Torre.

En educación física no se olvidó adrede del equipamiento deportivo, como de costumbre, sino que hizo más flexiones de las que le tocaban para fortalecer los brazos y así poder escalar la alcantarilla que lo llevaría hasta la Torre.

En clase de matemáticas preguntó al profesor cuántos paquetes de Rolo podría comprar con cinco millones de libras esterlinas (que era, al parecer, lo que valían las joyas de la corona). Los Ro-lo eran, sin lugar a dudas, las golosinas preferidas de Ben.

La respuesta es diez billones de paquetes, o vein-ticuatro billones de Rolos individuales. Suficien-tes para un año, por lo menos.

Y seguro que Raj le pondría unos cuantos más de regalo.

En clase de francés, Ben aprendió a decir «No sé nada del robo de esas joyas, solo soy un pobre campesino francés», por si se veía en la necesidad de fingir que era un pobre campesino francés para escapar de la escena del crimen.

En clase de español aprendió a decir «No sé nada de esas joyas, solo soy un pobre campesino espa-ñol», por si necesitaba fingir que era un pobre cam-pesino español para escapar de la escena del crimen.

En clase de alemán aprendió a decir... Bueno, seguro que ya lo habéis pillado.

En clase de ciencias, Ben preguntó a la profesora si había alguna manera de romper un cristal antibalas. Aunque lograra entrar en la Casa de las Joyas, no sería fácil llevárselas, pues estaban en una vitrina de cristal con varios centímetros de grosor.

En clase de expresión plástica construyó una maqueta a escala de la Torre de Londres con cerillas para poder repasar punto por punto su osado plan.

La semana se le pasó volando, nunca se había divertido tanto en la escuela. Y lo que era más importante, por primera vez en su vida se moría de ganas de volver a ver a la abuela.

Cuando llegó el viernes por la tarde, Ben creía tener toda la información que necesitaba para poner en marcha el plan.

El robo de las joyas de la corona acapararía durante semanas las noticias de la tele, colapsaría la red y haría correr ríos de tinta en los periódicos de todo el mundo. Pero nadie en su sano juicio sospecharía que los ladrones eran una ancianita y un chico de once años. ¡Iban a dar el golpe del siglo y nadie podía impedir que se salieran con la suya!

18

Horario de visita

—Hoy no puedes quedarte en casa de la abuela —anunció su padre.

Eran las cuatro de la tarde del viernes, y Ben acababa de volver de la escuela. Le sorprendió encontrar a su padre en casa tan pronto. Por lo general, su turno en el supermercado no terminaba hasta las ocho.

—¿Por qué no? —preguntó Ben, y nada más verle la cara se dio cuenta de que algo le preocupaba.

—Me temo que tengo malas noticias, hijo.

—¿Qué ha pasado? —preguntó Ben, ahora también con cara de preocupación.

—La abuela está en el hospital.

Un poco más tarde, cuando por fin encontraron donde aparcar, Ben y sus padres entraron por la puerta automática del hospital. Ben se preguntó si sabrían encontrar a la abuela. El hospital era inmenso, un gran monumento a la enfermedad.

Había ascensores que te llevaban a otros ascensores.

Pasillos kilométricos.

Y, por todas partes, letreros que Ben no podía descifrar:

UNIDAD CORONARIA

RADIOLOGÍA

OBSTETRICIA

UNIDAD DE GESTIÓN CLÍNICA

SALA DE EXPLORACIÓN IRM

Los camilleros iban y venían, transportando a pacientes con aire confuso en camillas o sillas de ruedas mientras médicos y enfermeras que parecían llevar días sin pegar ojo los adelantaban a toda prisa.

Cuando por fin encontraron el ala del hospital donde estaba ingresada la abuela, nada menos que en la planta diecinueve, Ben casi no la reconoció.

Tenía el pelo apelmazado sobre la cabeza, no llevaba puestas sus gafas ni la dentadura postiza y tampoco iba vestida como siempre, sino con la típica bata de hospital. Era como si le hubiesen quitado todo aquello que la convertía en la abuela y la hubiesen reducido a un mero caparazón.

Ben sintió una pena muy grande al verla así, pero intentó disimular. No quería disgustarla.

—Hola, hijos míos —dijo. Su voz sonaba ronca y arrastraba un poco las palabras. Ben tuvo que contenerse para no romper a llorar.

—¿Qué tal estás, mamá? —preguntó el padre de Ben.

—Cabreada conmigo misma —contestó la anciana—. Me caí.

—¿Te caíste? —preguntó Ben.

—Sí. No recuerdo gran cosa. Solo sé que estaba intentando coger una lata de sopa de repollo y de repente me vi tirada en el suelo, mirando al techo. Mi prima Edna me llamó varias veces desde la residencia de ancianos, y al ver que no contestaba, llamó a una ambulancia.

—¿Cuándo pasó, abuela? —preguntó Ben.

—Déjame que piense... Estuve dos días tirada en el suelo de la cocina, así que debió de ser el miércoles por la mañana. No podía levantarme para ir hasta el teléfono.

—Lo siento muchísimo, mamá —dijo el padre de Ben con un hilo de voz. Ben nunca había visto a su padre tan disgustado.

—Lo que son las cosas, precisamente el miércoles quería llamarte, ya sabes, solo para charlar un rato, ver cómo estabas —mintió su madre. Nunca se le había ocurrido llamar a la abuela, y si alguna vez era ella la que llamaba, se apresuraba a colgar.

—No podías saberlo, querida —la tranquilizó la abuela—. Esta mañana me han hecho toda clase de pruebas para saber qué me pasa: radiografías, ecografías y todo eso. Mañana me darán los resultados. Espero no tener que pasar mucho tiempo ingresada.

—Yo también lo espero —dijo Ben.

Hubo un silencio incómodo.

Nadie sabía muy bien qué decir o hacer.

La madre de Ben dio un codazo disimuladamente al padre e hizo como si mirara el reloj.

Ben sabía que a su madre no le gustaban los hospitales. Cuando le habían extirpado el apéndice dos años atrás, solo había ido a verlo un par de veces, en las que no había parado de sudar y removerse.

—Bueno, será mejor que nos vayamos —dijo su padre.

—Sí, sí, marchaos —dijo la abuela en tono alentador pero con mirada triste—. No os preocupéis por mí, aquí tengo todo lo que necesito.

—¿No podemos quedarnos un poco más? —sugirió Ben contra todo pronóstico.

Su madre le lanzó una mirada de pánico que su padre cazó al vuelo.

—No, Ben. Vamos tirando, que dentro de nada la abuela querrá dormirse —dijo su padre levantándose para marcharse—. Estos días ando bastante liado, mamá, pero intentaré venir a verte el fin de semana.

Entonces dio una palmada a su madre suavemente en la cabeza, como si fuera un perro. Era un gesto forzado; su padre no era muy dado a los abrazos. Se dio la vuelta mientras la madre de Ben lo cogía de la muñeca con una débil sonrisa y tiraba de él hacia la puerta.

Aquella tarde, en su habitación, Ben se propuso revisar toda la información que había reunido en clase a lo largo de la semana.

«Les daremos una lección, abuela —se dijo con férrea determinación—. Yo lo haré por ti.» Ahora que la abuela se encontraba enferma, estaba más decidido que nunca a dar el golpe.

Tenía hasta las cinco de la tarde para planear el mayor robo de la historia.

19

Un pequeño artefacto explosivo

A la mañana siguiente, mientras sus padres ponían una canción tras otra, tratando de elegir el tema del número de baile de Ben, este se escapó de casa y se fue en bici hasta el hospital.

Cuando por fin encontró la habitación de la abuela, vio a un médico con gafas sentado en el borde de la cama, pese a lo cual se acercó corriendo, loco de emoción, para contarle su plan.

El médico sostenía la mano de la anciana y le hablaba despacio, en voz baja.

—Dame solo un momentito, Ben, si eres tan amable —pidió la abuela—. El doctor y yo estábamos hablando de, ya sabes, cosas de mujeres.

—Ah... sí, claro —farfulló Ben. Volvió sobre sus pasos hasta la puerta de vaivén y se dedicó a hojear una manoseada revista femenina.

—Lo siento —dijo el médico al pasar junto a él antes de abandonar la habitación.

«¿Que lo siente? —pensó Ben—. ¿Qué es lo que siente?»

Se acercó con paso vacilante a la cama de la abuela, que se estaba secando los ojos con un pañuelo. Al ver a Ben, se metió el pañuelo por dentro de la manga del camisón.

—¿Te encuentras bien, abuela? —preguntó con un hilo de voz.

—Sí, perfectamente. Es que me ha entrado algo en el ojo.

—Entonces, ¿por qué me ha dicho el médico que lo siente?

Por unos instantes, la abuela pareció no saber qué decir.

—Pues... verás, solo se me ocurre que sentía haberte hecho perder el tiempo viniendo a verme, porque resulta que no me pasa absolutamente nada.

—¿De veras?

—Sí, el médico ha venido a darme los resultados de las pruebas. ¡Estoy hecha un pimpollo!

Ben nunca había oído esa expresión, pero dio por sentado que eran buenas noticias.

—¡Cuánto me alegro, abuela! —exclamó Ben—. Escucha, ya sé que el otro día me dijiste que no...

—No irás a hablarme de lo que creo, ¿verdad, Ben? —preguntó la abuela.

Ben asintió en silencio.

—Te dije que ni hablar del peluquín.

—Ya lo sé, pero...

—Pero ¿qué, jovencito?

—He descubierto que la Torre de Londres tiene un punto débil, y me he pasado toda la semana planeando el robo de las joyas. ¡Creo que podemos hacerlo, de verdad!

Para su sorpresa, la abuela parecía intrigada.

—Corre la cortinilla y baja la voz —susurró la anciana, poniendo el volumen del audífono a la máxima potencia.

Ben echó la cortina en torno a la cama de la abuela y luego se sentó a su lado.

—Cuando suenen las doce campanadas, cruzamos el Támesis nadando con trajes de buzo y buscamos la antigua alcantarilla, que debe de estar aquí —susurró Ben enseñándole el minucioso plano de aquel número antiguo de *La gaceta del fontanero*.

—¿Pretendes que suba nadando por una alcantarilla? ¿A mi edad? —protestó la abuela—. ¡Esto es de locos!

—¡Chissst, baja la voz! —le advirtió Ben.

—Lo siento —susurró la abuela.

—Y no es de locos. Es genial. La alcantarilla tiene el diámetro justo, mira...

La abuela se incorporó un poco en la cama y, acercándose a la revista, estudió el plano con detenimiento. Era cierto, la alcantarilla parecía lo bastante ancha.

—Verás, si trepamos por la alcantarilla, podremos colarnos en la Torre —continuó Ben—. Excepto en ese punto, hay guardias armados, cámaras de seguridad y sensores láser alrededor de todo el edificio. Si intentáramos acceder por cualquier otro lugar, no tendríamos la menor posibilidad.

—Ya, ya, pero ¿cómo diantres entraremos en la Casa de las Joyas, que es donde las guardan?

—La alcantarilla llega hasta el excusado, que está aquí.

—¿Cómo dices?

—El excusado. Es como se llamaba al baño antiguamente.

—Ah, sí. Es verdad.

—Luego cruzaremos el patio corriendo...

—Ejem...

—Quiero decir, cruzaremos el patio caminando tranquilamente hasta la Casa de las Joyas. Eso sí, por la noche la puerta estará cerrada a cal y canto.

—¡Y bajo siete llaves!

La abuela no parecía tenerlas todas consigo. Bueno, pensó Ben, no le quedaba más remedio que convencerla.

—La puerta es de acero, así que usaremos un taladro eléctrico para sacar las cerraduras y abrirla...

—Pero, Ben, seguro que las coronas, los cetros y todas las demás joyas están protegidas por vitrinas de cristal a prueba de balas —señaló la abuela.

—A prueba de balas sí, pero no a prueba de bombas. Usaremos un pequeño artefacto explosivo para romper el cristal.

—¿Un artefacto explosivo? —farfulló la abuela—. ¿Y de dónde demonios lo sacaremos?

—He birlado unas pocas sustancias químicas durante la clase de ciencias —contestó Ben con una sonrisita triunfal—. Creo que puedo provocar una explosión lo bastante grande para romper el cristal.

—¡Pero los guardias la oirán! No, no y no. ¡Lo siento, pero este plan no va a funcionar! —exclamó la abuela esforzándose por no levantar la voz.

—Ya lo he pensado —replicó Ben orgulloso de su propia su astucia—. Ese día te vas a Londres un poco antes, en el tren, y te haces pasar por una adorable ancianita...

—¡Soy una adorable ancianita! —protestó ella.

—Ya sabes a qué me refiero —prosiguió Ben sonriendo—. Desde la estación cogerás el autobús setenta y ocho, que te llevará directamente a la Torre de Londres. Allí te acercarás a los beefeaters y les ofrecerás un trozo de pastel de chocolate en el que habremos echado algo que los haga dormir.

—¡Ah, podría usar mi extracto de hierbas para el insomnio! —exclamó la abuela.

—Mmm, sí, estupendo —dijo Ben—. Los guardias se comerán el pastel de chocolate y para cuando anochezca estarán durmiendo a pierna suelta.

—¿Pastel de chocolate? —preguntó la abuela—. Creo que los guardias preferirían un trozo de mi delicioso pastel de repollo casero.*

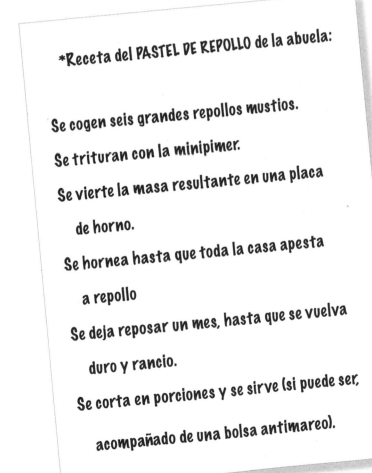

*Receta del PASTEL DE REPOLLO de la abuela:

Se cogen seis grandes repollos mustios.

Se trituran con la minipimer.

Se vierte la masa resultante en una placa de horno.

Se hornea hasta que toda la casa apesta a repollo

Se deja reposar un mes, hasta que se vuelva duro y rancio.

Se corta en porciones y se sirve (si puede ser, acompañado de una bolsa antimareo).

—Hummm... —empezó Ben, sin saber dónde meterse.

No quería disgustar a la abuela, pero nadie en su sano juicio probaría su pastel de repollo a menos que fuera un familiar directo, y aun así lo más probable es que lo escupiera aprovechando la menor ocasión.

—Creo que sería mejor usar un pastel de chocolate del súper.

—Bueno, al parecer lo tienes todo pensado. Estoy impresionada, Ben, de veras. La idea de usar esa vieja alcantarilla es sencillamente genial.

Ben se ruborizó.

—Gracias —dijo muy orgulloso.

—Pero ¿cómo sabías de su existencia? No me dirás que te enseñan esas cosas en clase, ¿verdad?

—No —contestó Ben—. Es que... siempre me ha encantado la fontanería. Recordaba haber visto esas viejas cañerías en un número antiguo de mi revista favorita. —Le enseñó *La gaceta del fontanero*—. Mi gran sueño es convertirme en fontanero.

Ben clavó los ojos en el suelo, esperando que la abuela le regañara o se burlara de él.

—¿Por qué miras al suelo? —preguntó la anciana.

—Hum... Pues, porque sé que es de tontos querer ser fontanero, y que es una profesión de lo más aburrida. Debería aspirar a ganarme la vida haciendo algo más interesante.

Ben se notaba las mejillas ardiendo.

La abuela le puso una mano en la barbilla y, con suavidad, hizo que Ben la mirara a los ojos.

—Nada de lo que tú hagas puede ser tonto o aburrido, Ben —dijo la anciana—. Si quieres ser fontanero, si ese es tu gran sueño, nadie puede impedírtelo, ¿comprendes? En esta vida tenemos el deber de perseguir nuestros sueños. De lo contrario, solo estaremos perdiendo el tiempo.

—Supongo que tienes razón.

—Claro que la tengo. ¡Lo digo en serio! Habrá quien crea que la fontanería es aburrida, pero aquí estás tú, planeando robar las joyas de la corona, nada menos... ¡un golpe magistral basado en la fontanería!

Ben sonrió. Quizá la abuela estuviera en lo cierto.

—Pero debo hacerte una pregunta, Ben.

—Dime.

—¿Cómo escapamos? Un plan como este de nada sirve si al final te cogen con las manos en la masa, hijo mío.

—Lo sé, abuela. Por eso he pensado que deberíamos salir por donde hemos entrado y volver nadando al otro lado del río. Solo tiene cincuenta metros de anchura, y yo he ganado la chapa de los cien metros en clase de natación. Será coser y cantar.

La abuela se mordisqueaba el labio. Era evidente que algo no acababa de convencerla, quizá la idea de cruzar a nado y en plena noche un río de aguas turbulentas.

Ben la miró con ojos esperanzados.

—¿Qué me dices, abuela, cuento contigo? ¿Sigues siendo una gánster?

La abuela parecía absorta en sus pensamientos, y así permaneció un buen rato.

—Por favor... —suplicó Ben—. Me encanta que me cuentes tus aventuras, y nada me hace más ilusión que acompañarte en una de ellas. Además, no estamos hablando de un golpe cualquiera, sino de robar las joyas de la corona. Tú misma dijiste que era el sueño de todo gran ladrón. ¿Qué me dices, abuela? ¿Cuento contigo?

La abuela miró unos instantes el rostro expectante del chico.

—Sí —murmuró pasados unos instantes.

Ben se levantó de un brinco y la abrazó.

—¡Genial!

La abuela abrió sus débiles brazos y rodeó a Ben. Era la primera vez que lo abrazaba de verdad desde hacía años.

—Pero con una condición —le advirtió la anciana con una mirada que no admitía réplica.

—¿Qué condición?

—Que las volvamos a dejar en su sitio al día siguiente.

20

¡Bum, bum, bum!

Ben no podía creer lo que acababa de oír. No pensaba arriesgarse a robar las joyas de la corona para volver a dejarlas en su sitio al día siguiente.

—Pero si valen millones, puede incluso que billones, de libras...

—Lo sé. Por eso mismo. Si intentáramos venderlas nos pillarían a las primeras de cambio —dijo la abuela.

—¡Pero...!

—Nada de peros, jovencito. Volvemos a dejarlas en su sitio al día siguiente y no se hable más. ¿Sabes cómo me he librado de la cárcel todos estos años? Jamás he vendido nada de lo que he robado. Lo hacía solo por la emoción.

—Pero sigues teniéndolas —observó Ben—, aunque no las vendieras. Guardas todas esas joyas en la lata de las galletas.

La abuela parpadeó varias veces seguidas.

—Sí, bueno, entonces era joven e insensata —replicó—. Con los años he llegado a comprender que robar está mal. Y tú también tienes que entenderlo.

Le lanzó una mirada fulminante, y Ben se estremeció.

—Lo entiendo, claro que lo entiendo.

—Tu plan es genial, Ben, te lo digo de corazón. Pero esas joyas no son nuestras, ¿verdad que no?

—No —contestó Ben—. No son nuestras.

De pronto se sentía un poco avergonzado por resistirse a devolver las joyas.

—Y no olvides que todos los policías de este país, y puede incluso que del mundo, estarán buscando las joyas de la corona. Tendremos a Scotland Yard pisándonos los talones. Si nos pillaran con las joyas, no nos dejarían salir de la cárcel en lo que nos queda de vida. En mi caso quizá no sea mucho, pero tú te enfrentarías a setenta u ochenta años entre rejas.

—Tienes razón —reconoció Ben.

—Además, la reina parece una señora encantadora. Hasta diría que somos más o menos de la misma edad. No me gustaría darle un disgusto.

—Ni yo —murmuró Ben. Había visto a la reina en las noticias cientos de veces y le parecía una viejecita simpática que sonreía y saludaba a todo el mundo desde el asiento trasero de una especie de cochecito gigante.

—Hagámoslo solo por la emoción. ¿De acuerdo?

—¡De acuerdo! —exclamó Ben—. ¿Cuándo lo haremos? Tendrá que ser un viernes, cuando mis padres me lleven a tu casa. ¿Ha dicho el médico cuando te dejará salir?

—Hum... Oh, sí, ha dicho que puedo marcharme cuando quiera.

—¡Estupendo!

—Pero habría que hacerlo cuanto antes. ¿Qué te parece el viernes que viene?

—¿No será demasiado pronto?

—En absoluto. Lo has planeado todo a la perfección, Ben.

—Gracias —dijo el chico con una sonrisa de oreja a oreja. Era la primera vez en su vida que un adulto se enorgullecía de él.

—En cuanto salga de aquí buscaré el modo de conseguir el material que nos falta. Ahora será mejor que te vayas, Ben. Nos veremos el viernes por la noche a la hora de siempre.

Ben descorrió la cortina. Cuál no sería su sorpresa cuando vio al señor Parker, el vecino metomentodo de la abuela, allí plantado como un pasmarote.

Sobresaltado, retrocedió un par de pasos y, llevándose la mano a la espalda, se metió *La gaceta del fontanero* por dentro del jersey.

—¿Qué hace usted aquí? —le preguntó.

—Seguro que ha venido a ver si me pilla en paños menores —dijo la abuela.

Ben rió entre dientes.

El señor Parker parecía desconcertado.

—No, para nada, yo...

—¡Enfermera, enfermera! —gritó la abuela.

—¡Espere! —dijo el señor Parker, presa del pánico—. Estoy seguro de que les he oído hablar de las joyas de la corona...

Demasiado tarde. La enfermera jefe, una mujerona altísima y con enormes pies, entró en la habitación a grandes zancadas.

—¿Qué ocurre? —preguntó—. ¿Me ha llamado?

—¡Este hombre estaba espiándome a través de las cortinas! —dijo la abuela.

—¿Es eso cierto? —preguntó la matrona mirando al señor Parker con cara de pocos amigos.

—Bueno, verá, he oído que estaban... —gimoteó el señor Parker.

—La semana pasada espió a mi abuela mientras hacía yoga en ropa interior —dijo Ben.

La enfermera jefe se puso roja de ira.

—¡Váyase de aquí ahora mismo, cerdo asqueroso! —chilló fuera de sí.

Humillado, el señor Parker retrocedió ante la enfermera jefe, que no parecía de las que se andaban con chiquitas. Se detuvo junto a la puerta de vaivén y, volviéndose hacia la abuela, dijo a voz en grito:

—¡No crea que se ha librado de mí!

Luego se fue corriendo.

—Por favor, avíseme si vuelve —dijo la enfermera. Su rostro había recuperado el tono habitual.

—Descuide, lo haré —le aseguró la abuela antes de que la enfermera regresara a sus tareas.

—¡Puede que lo haya oído todo! —susurró Ben.

—Puede —contestó la abuela—. ¡Pero después de esto no creo que vuelva a acercarse a mí!

—Eso espero.

Ben estaba preocupado por aquel desafortunado incidente.

—¿Aún quieres seguir adelante? —preguntó ella.

Ben tenía la sensación de estar subiendo lentamente la ladera de una montaña rusa: quería bajarse y seguir adelante al mismo tiempo.

Miedo y placer iban de la mano.

—¡Pues claro que sí! —contestó.

—¡Bien! —exclamó la abuela dedicándole una gran sonrisa.

Ben se disponía a marcharse, pero en el último momento se volvió hacia la anciana.

—Te... te quiero, abuela —dijo.

—Yo también te quiero, mi pequeño Benny —contestó la abuela guiñándole un ojo.

El chico no pudo reprimir una mueca. Ahora tenía una abuela gánster, lo que era fantástico, ¡pero tendría que enseñarle a llamarlo Ben a secas!

Ben recorrió a la carrera los pasillos del hospital, con el corazón a punto de salírsele del pecho.

¡Bum, bum, bum!

Estaba que no cabía en sí de emoción. Él, un chico de once años que nunca había hecho nada fuera de lo normal, excepto quizá el día que había vomitado sobre la cabeza de un amigo suyo en la noria de la feria, iba a participar en el golpe más audaz de la historia de la humanidad.

Salió del hospital y se puso a hurgar con las llaves en el candado de la bici, que había dejado junto a la reja. En ese instante miró hacia arriba y vio algo increíble.

Era la abuela.

Eso, en sí, no tenía nada de especial.

Pero, además:

La abuela bajaba como un alpinista por el muro del hospital.

Había anudado varias sábanas entre sí y se deslizaba a buen ritmo por la pared del edificio.

Ben no se lo podía creer. Sabía que la abuela era una gánster, ¡pero aquello era el no va más!

—Abuela, ¿qué demonios estás haciendo? —preguntó Ben a voz en grito desde la otra punta del aparcamiento.

—¡El ascensor se ha estropeado, tesoro! Nos vemos el viernes. ¡No llegues tarde! —gritó al llegar al suelo. Luego se montó

de un salto en su motosilla y arrancó a toda mecha... o, mejor dicho, a paso de tortuga.

El tiempo nunca había pasado tan despacio.

Ben contaba los días que faltaban para que llegara el viernes, y cada minuto, cada hora, se le hacían eternos.

Le resultaba difícil fingir que era un chico normal y corriente cuando en realidad era una de las
mayores mentes criminales de todos los tiempos.

Por fin llegó el viernes. Alguien llamó a la puerta de su habitación.

Toc, toc, toc.

—¿Estás listo, hijo? —preguntó su padre.

—Sí —dijo Ben aparentando toda la inocencia
de la que era capaz, lo que resulta muy difícil
cuando uno se siente de lo más culpable—. Mañana no hace falta que vengáis a recogerme demasia-

do pronto. La abuela y yo siempre nos quedamos jugando al Scrabble hasta las tantas.

—Esta noche no vas a jugar al Scrabble —dijo su padre.

—Ah, ¿no?

—No, hijo mío. De hecho, hoy no irás a casa de la abuela.

—¡Oh, no! —exclamó Ben. ¡No me digas que han vuelto a ingresarla!

—No, no es eso.

Ben suspiró de alivio, pero no tardó en notar una punzada de angustia.

—Entonces, ¿por qué no puedo irme a su casa?

«¡El plan estaba en marcha y no había tiempo que perder!»

—Porque esta noche es el campeonato juvenil de baile de salón —dijo su padre—. ¡Por fin ha llegado tu gran oportunidad!

21

Un zapato de claqué

Ben iba muy callado en el asiento trasero del pequeño coche marrón con su traje de rompecorazones.

—Espero que no te hayas olvidado del campeonato, Ben —dijo su madre mientras se maquillaba en el asiento del copiloto. Al doblar una esquina, se rayó toda la cara sin querer con el pintalabios.

—No, claro que no, mamá.

—No te preocupes, Ben —le dijo su padre todo orgulloso, convencido de que el chico estaba a punto de pasar a la historia—. Has ensayado tanto en tu habitación que estoy seguro de que todos los jueces te darán la máxima puntuación. ¡Un diez detrás de otro!

—¿Y qué pasa con la abuela? ¿No me estará esperando? —preguntó Ben sin poder disimular su desesperación.

Se suponía que aquella noche iban a robar las joyas de la corona, pero en lugar de acudir a su cita con la abuela iba a participar en un campeonato de baile de salón pese a no haber dado un paso de baile en toda su vida.

En las últimas dos semanas había evitado hablar sobre el campeonato, pero había llegado el momento de hacerlo.

Aquello iba a pasar de verdad.

Se disponía a bailar sobre un escenario.

Sin habérselo preparado.

Delante de un público numeroso...

—Bah, no te preocupes por la abuela —dijo su madre—. ¡No sabe ni en qué día vive! —Se echó a reír, y en ese momento el coche frenó de pronto ante un semáforo en rojo y su madre se pintarrajeó toda la frente de rímel.

Llegaron al Ayuntamiento. Ben vio a una marea de lycra multicolor entrando en el edificio.

Si alguno de sus compañeros de clase se enteraba de que estaba allí, podía darse por muerto. Los abusones de turno no dudarían en hacerle la vida imposible. Y lo peor de todo era que ni siquiera había ensayado el baile. Ni una sola vez. No tenía ni la más remota idea de lo que iba a hacer cuando saliera al escenario.

El objetivo de la competición era elegir a los mejores bailarines juveniles del municipio. Había un premio para la mejor pareja, el mejor solo femenino y el mejor solo masculino.

Los ganadores locales tendrían la oportunidad de competir en representación del condado, y si superaban la segunda fase, representarían a todo el país.

Era el primer peldaño hacia el estrellato de la danza mundial. Y el presentador del campeonato no era otro que el ídolo de *Baile de estrellas* y el bailarín preferido de su madre, Flavio Flavioli.

—Es un placer ver a tantas damas hermosas aquí esta noche —dijo con voz susurrante y acento italiano.

Flavio era aún más impresionante en directo. Llevaba el pelo engominado y peinado hacia atrás, tenía una dentadura resplandeciente y el traje le sentaba como un guante.

—Veamos, ¿estáis listos para mover el esqueleto?

—¡Sí! —coreó la multitud.

—No os oigo, ¿listos para mover el esqueleto?

—¡Sííí! —gritaron todos al unísono, un poco más alto que antes.

Ben los oía entre bastidores, nervioso. Una mujer chilló «¡Te quiero, Flavio!» con una voz sospechosamente parecida a la de su madre.

En el camerino, Ben miró a su alrededor. Era como si hubiese ido a parar a una cumbre de los niños más repelentes del planeta. Parecían adultos en miniatura, con sus ridículos trajes de lycra de colores chillones, la cara embadurnada de maquillaje y los dientes de un blanco tan radiante que se veían desde el espacio exterior.

Ben miraba el reloj con angustia, consciente de que llegaría muy tarde a su cita con la abuela. Esperó una eternidad, mientras todos aquellos mamarrachos bailaban el quickstep, el jive, el vals, el vals vienés, el tango, el foxtrot y el chachachá.

Finalmente, llegó su turno. Esperó entre bastidores a que Flavio lo presentara.

—Y ahora ha llegado el momento de ver a un chico del barrio que va a deleitarnos con un número en solitario. ¡Demos una calurosa bienvenida a Ben!

Flavio abandonó el escenario con elegancia mientras Ben salía a desgana y muy incómodo, porque la lycra de su traje de rompecorazones se le metía entre las nalgas.

Se quedó solo en medio de la pista de baile, bañado por la luz de un potente foco. Entonces empezó la música. Ben deseó con todas sus fuerzas que ocurriese algo, lo que fuera con tal de escapar de allí. Se habría conformado con cualquier cosa, incluyendo:

Una alarma antiincendios.

Un terremoto.

La Tercera Guerra Mundial.

La segunda glaciación.

Un enjambre de abejas asesinas.

Que un meteorito del espacio exterior se estrellara contra la Tierra y la desviara de su eje.

Un tsunami.

Cientos de zombis caníbales atacando a Flavio Flavioli.

Un huracán o tornado (Ben no sabía muy bien en qué se distinguían, pero no le hubiese hecho ascos a ninguno de los dos).

Que lo abdujeran unos alienígenas y no lo devolvieran a la Tierra hasta pasado un milenio.

Que los dinosaurios volvieran a la Tierra gracias a una especie de agujero espaciotemporal, destrozaran el tejado de un zarpazo y devoraran a todos los presentes.

Una erupción volcánica aunque, solo por fastidiar, no hubiese ningún volcán en las inmediaciones.

Un ataque de babosas gigantes.

Se conformaría incluso con un ataque de babosas medianas.

Ben no era un tiquismiquis. Cualquiera de las calamidades arriba mencionadas le hubiesen servido.

La música seguía sonando, y cayó en la cuenta de que aún no había movido un solo músculo. Miró a sus padres, que sonreían encantados y orgullosos de ver a su único hijo en el centro del escenario, por fin.

Miró hacia los bastidores, donde Flavio, con su eterna sonrisa, lo animaba a seguir.

«Por favor, por favor, tierra trágame...»

Pero no lo hizo.

No tenía más remedio que hacer algo. Lo que fuera.

Empezó a mover las piernas, luego los brazos, y finalmente la cabeza. Ninguno de estos miembros se movía al compás de los otros, ni tampoco de forma secuencial, y a lo largo de los siguientes cinco minutos Ben se dedicó a sacudir las extremidades y menear el cuerpo sin ton ni son por la pista de baile con un estilo que solo puede clasificarse de inolvidable: por mucho que uno quisiera, no podía olvidarlo.

Hacia el final, justo cuando la música estaba a punto de acabar, Ben intentó dar un salto, pero se desplomó en el suelo como un saco de patatas.

Hubo un silencio. Un silencio ensordecedor.

Entonces Ben oyó el sonido de un par de manos aplaudiendo. Levantó los ojos.

Era su madre.

Luego otro par de manos se le unieron.

Las de su padre.

Por unos segundos, creyó que a lo mejor pasaría eso que a veces ocurre en las películas, cuando el pringado de turno triunfa contra todo pronóstico, y que el público se pondría de pie entre vivas y aplaudiría a rabiar a ese chico de barrio que por fin había dado un motivo de orgullo a sus padres, reinventando de paso las reglas del baile y grabando su nombre en la posteridad.

Colorín, colorado.

Pero no. No fue eso lo que sucedió.

Al cabo de unos instantes, los padres de Ben, avergonzados de ser los únicos que aplaudían, dejaron de hacerlo.

Flavio regresó al escenario.

—Bueno, eso ha sido, ha sido... —Por primera vez en la historia, el gran ídolo italiano parecía no tener palabras. Volviéndose hacia el jurado, dijo—: Veamos qué puntuación le dan nuestros jueces.

—Cero —dijo el primero.

—Cero.

—Cero.

Solo quedaba un juez. ¿Lograría Ben sumar cuatro ceros?

Pero la última integrante del jurado debió de sentir lástima por el chiquillo sudoroso que tenía delante y que, con su demostración de nulo talento, sería la vergüenza de la familia durante varias generaciones. La mujer barajó las paletas de calificación bajo la mesa.

—Uno —anunció.

El público acogió la puntuación con un sonoro abucheo, y la jueza la corrigió enseguida.

—Lo siento, quería decir cero —farfulló enseñando la paleta que en realidad había elegido en primer lugar.

—No es como para dar saltos de alegría —observó Flavio esforzándose por sonreír—, pero no todo está perdido, joven Ben. Puesto que eres el único que se ha presentado a la categoría de solo masculino, eres el justo vencedor de la misma, por lo que te hago entrega de este trofeo de plástico macizo.

Flavio cogió el trofeo, una estatuilla de aspecto cutre que representaba a un chico bailando, y se lo ofreció a Ben.

—¡Damas y caballeros, niños y niñas, demos un fuerte aplauso a Ben!

Hubo silencio de nuevo. Esta vez, ni siquiera sus padres se atrevieron a aplaudir.

Entonces empezaron los abucheos y silbidos.

—¡Vergüenza tendría que darte!

—¡Fuera!

—¡Tongo!

La imperturbable sonrisa de Flavio empezó a resquebrajarse. Se inclinó hacia Ben y le susurró al oído:

—Yo que tú me largaría de aquí antes de que te linchen.

En ese preciso instante, alguien desde el fondo de la sala tiró un zapato de claqué que surcó el aire a gran velocidad. Seguramente el objetivo del pro-

yectil era Ben, pero el azar quiso que se estrellara exactamente entre los dos ojos de Flavio, que cayó al suelo inconsciente.

«Será mejor que haga mutis», pensó Ben.

22

El ataque de la lycra asesina

Una multitud enfurecida siguió al pequeño coche marrón calle abajo. Mirando por la luna trasera del vehículo, Ben pensó que seguramente era el primer linchamiento cien por cien lycra de la historia.

Su padre pisó a fondo el acelerador.

¡BRRRRRRRRUUUUUUUUUUUUU-UUMMMMMMMMMMM!

Y al doblar la esquina, perdieron de vista a toda aquella gente.

—¡Menos mal que estaba allí para hacerle el boca a boca a Flavio! —exclamó su madre desde el asiento de copiloto.

—Solo había perdido el conocimiento, no había dejado de respirar —observó Ben desde atrás.

—Toda precaución es poca —replicó su madre, retocándose los labios, pues se había dejado todo el carmín esparcido por la cara y el cuello de Flavio.

—Tu actuación ha sido, en una palabra, espantosa y deplorable —sentenció su padre.

—Eso son dos palabras —corrigió Ben con una risita—. Tres, contando la conjunción.

—No te hagas el gracioso conmigo, jovencito —replicó su padre—. No tiene ni pizca de gracia. Has hecho que me avergüence de ti. Eso es lo que he sentido, vergüenza.

—Sí, vergüenza —masculló su madre, asintiendo.

Ben pensó que daría cualquier cosa por desaparecer. Daría todo su pasado y su futuro con tal de no tener que estar en el asiento trasero del coche de sus padres en aquel preciso instante.

—Lo siento, mamá —dijo—. Quiero que os sintáis orgullosos de mí, lo digo de verdad. —Era cierto. Hacer que sus padres se avergonzaran de él era lo último que deseaba en la vida, por tontos que le parecieran a veces.

—Pues vaya una manera de demostrarlo —le dijo su madre.

—Lo que pasa es que no me gusta bailar.

—Esa no es la cuestión. Tu madre se pasó horas haciéndote ese traje —observó su padre.

Es curioso: cuando están enfadados contigo, los padres siempre se refieren el uno al otro como «tu madre» o «tu padre» en lugar de los habituales «mamá» y «papá».

—No te has esforzado lo más mínimo ahí arriba —prosiguió su padre—. No creo que hayas ensayado ni una sola vez. Ni una. Tu madre y yo trabajamos de sol a sol para darte las oportunidades que nosotros nunca tuvimos, y así nos lo pagas...

—Con desprecio —sentenció su madre.

—Desprecio —repitió su padre.

Una lágrima solitaria se deslizó por la mejilla de Ben. La atrapó con la lengua. Estaba salada. Ninguno de los tres volvió a despegar los labios en lo que quedaba de trayecto.

Al llegar a casa, se bajaron del coche en silencio. En cuanto su padre abrió la puerta, Ben se fue corriendo escaleras arriba y se encerró en su habitación dando un portazo. Se sentó en la cama, todavía con el traje de rompecorazones.

Nunca se había sentido tan solo. Hacía horas que tendría que haber acudido a su cita con la abuela. No solo había decepcionado a sus padres, sino también a la persona a la que ahora quería más que a nadie en el mundo: su abuela.

Nunca iban a poder robar las joyas de la corona.

En ese preciso instante, Ben oyó un repiqueteo al otro lado de la ventana.

Era la abuela.

Con su traje de buzo, la anciana se había encaramado a una escalera de mano para alcanzar la ventana de su habitación.

—¡Déjame entrar! —susurró exagerando el movimiento de los labios.

Ben no pudo evitar sonreír. Abrió la ventana y tiró de la abuela hacia dentro, igual que un pescador izando del mar a un pez gigantesco.

—Llegas muy tarde —le riñó la abuela mientras Ben la acompañaba hasta la cama.

—Lo sé, lo siento —se disculpó.

—Habíamos quedado a las siete. Son las diez y media. El efecto del extracto de hierbas que he dado a los guardias de la Torre no tardará en pasarse.

—Lo siento muchísimo, es una larga historia —dijo Ben.

La abuela se sentó en la cama de Ben y lo miró de arriba abajo.

—¿Y por qué vas vestido como una tarjeta de San Valentín pasada de vueltas? —preguntó.

—He dicho que es una larga historia...

Era el colmo de la ironía que la abuela criticara su aspecto teniendo en cuenta que llevaba puesto un traje de submarinista y unas gafas de buceo, pero no era cuestión de entrar al trapo.

—Deprisa, muchacho, ponte este traje de neopreno y sígueme por la escalera. Yo iré arrancando la motosilla.

—¿De verdad que vamos a robar las joyas de la corona, abuela?

—¡Por lo menos lo intentaremos! —contestó la anciana con una sonrisa.

23

Pillados por la pasma

La motosilla recorría las calles zumbando como un abejorro. La abuela iba al volante y Ben se había encaramado a la parte de atrás del vehículo. Ambos se habían puesto el traje de neopreno y las gafas de buceo, y el bolso de mano de la abuela iba en la cesta delantera, envuelto en capas y más capas de film transparente.

La abuela avistó a Raj, que estaba cerrando el quiosco.

—¡Hola, Raj, querido, no te olvides de guardarme una bolsa de caramelos de menta para el lunes! —gritó al pasar.

El quiosquero se los quedó mirando boquiabierto.

—¡No sé qué mosca le habrá picado, con lo par-
lanchín que es!

Londres quedaba muy lejos, sobre todo a bordo de una motosilla que, llevando dos pasajeros, avanzaba como mucho a cinco kilómetros por hora.

Al cabo de un rato, Ben se dio cuenta de que la calzada se hacía cada vez más ancha, y que en lugar de un solo carril había dos, y luego tres.

—¡Caca de la vaca! ¡Pero si estamos en la autopista! —gritó Ben desde atrás mientras camiones de diez toneladas los adelantaban a toda velocidad, casi apartando a la motosilla de la calzada con las ráfagas de aire que desplazaban.

—Modera tu lenguaje, jovencito —le riñó la abuela—. ¡Voy a pisar el acelerador, así que agárrate fuerte!

Segundos después, los adelantó un camión cisterna especialmente grande que pasó a un palmo de sus cabezas, haciendo sonar el claxon.

—¡Caca podrida! —masculló la anciana.

—¡Abuela! —exclamó Ben escandalizado.

—Vaya, perdona, tesoro. Se me ha escapado... —se excusó la abuela.

Los adultos nunca predican con el ejemplo.

—Perdona, abuela, pero no estoy seguro de que este cacharro pueda circular por la autopista —observó Ben.

Justo entonces, un camión todavía más grande pasó zumbando a su lado. Ben notó cómo las ruedas de la motosilla se despegaban de la carretera y volaban unos segundos en la estela del camión.

—Tomaré la próxima salida —dijo la abuela. Pero antes de que pudiera hacerlo unos faros de color azul empezaron a destellar a su espalda.

—¡Oh, no, es la pasma! Intentaré darles esquinazo.

La abuela pisó a fondo el acelerador, y la motosilla pasó de cinco a seis kilómetros por hora.

El coche patrulla les dio alcance y el agente que iba al volante les indicó por señas, y con cara de malas pulgas, que se detuvieran en el arcén.

—Abuela, será mejor que pares —dijo Ben—. Ahora sí que vamos listos.

—Deja que me encargue yo de esto, muchacho.

La abuela detuvo la motosilla en el arcén y el coche patrulla paró delante de ellos, cortándoles así la vía de escape. Era un coche grande, y a su lado la motosilla se veía tan pequeña como... bueno, como una motosilla.

—¿Es suyo este vehículo, señora? —preguntó el policía. Era gordo y tenía un bigotito que hacía que su cara pareciera más rechoncha todavía. A juzgar por su expresión de sabelotodo, nada le gustaba más en esta vida que echar la bronca a la gente. Excepto quizá comer donuts. Según su placa, se llamaba agente Watson.

—¿Hay algún problema, señor policía? —preguntó la abuela haciéndose la sueca. Con tanta emoción, se le habían empañado las gafas de buceo.

—Sí, sí que hay un problema. Está prohibido circular en motosilla por la autopista —dijo el policía como si le hablara a una niña.

He aquí otros medios de transporte que tampoco pueden circular por autopista:

Patinete

Canoa

Patines

Burro

Carrito de supermercado

Monociclo

Trineo

Rickshaw

Camello

Alfombra voladora

Correcaminos

—Entiendo, muchas gracias, agente. Lo recordaremos en el futuro. Ahora, si nos perdona, tenemos un poco de prisa. ¡Hasta lueguito! —se despidió la abuela alegremente al tiempo que arrancaba.

—¿Ha estado usted bebiendo, señora?

—He tomado un tazón de sopa de repollo antes de salir.

—Me refiero a si ha bebido alcohol —dijo el agente con un suspiro de exasperación.

—El martes por la noche me tomé un bombón de licor, no sé si cuenta.

Ben no pudo evitar que se le escapara la risa.

El agente Watson los miró con los ojos entornados.

—¿Y podría explicarme usted por qué lleva puesto un traje de neopreno y ha enrollado su bolso en film transparente?

Aquello no iba a resultar fácil de explicar.

—Porque... Verá, porque... Humm...

La abuela balbuceaba, sin atinar a decir nada coherente.

—Porque somos de la Liga de Fans del Film Transparente —afirmó Ben con mucho aplomo.

—Jamás he oído hablar de eso —replicó el agente Watson con aire incrédulo.

—Es muy reciente —dijo Ben.

—De momento solo dos miembros —añadió la abuela, tomando el relevo—, y no nos gusta llamar la atención, por lo que celebramos nuestras reuniones bajo el agua. De ahí los trajes de neopreno.

El agente Watson parecía confuso. La abuela siguió hablando, seguramente con la esperanza de confundirlo un poco más.

—Y ahora, si es tan amable, tenemos mucha prisa. Nos esperan en Londres, donde celebramos una reunión con la Liga de Fans del Plástico de Burbujas. Estamos pensando en fusionar las dos ligas.

El agente Watson se había quedado mudo.

—¿Cuántos miembros tienen ellos?

—Solo uno —contestó la abuela—, pero si unimos fuerzas ahorraremos en bolsas de té, fotocopias, clips y todo eso. ¡Adiós!

La abuela pisó a fondo el acelerador y la moto-silla arrancó dando un bandazo.

—¡Deténgase ahora mismo! —gritó el agente Watson extendiendo una mano regordeta.

Ben estaba aterrado. Ni siquiera había cumplido once años todavía, y le esperaba toda una vida entre rejas.

El agente Watson se inclinó hacia delante y pegó su rostro al de la abuela.

—Ya les acerco yo.

24

Aguas tenebrosas

—Aquí mismo, por favor —dijo la abuela señalando hacia fuera desde el asiento trasero del coche patrulla—. Estamos justo al otro lado de la Torre. Muchísimas gracias.

El agente Watson se las vio y deseó para sacar la motosilla del maletero.

—Bueno, la próxima vez, por favor, recuerden que las motosillas solo pueden circular por la acera. No pueden hacerlo por la calzada, y mucho menos por la autopista.

—De acuerdo, agente —contestó la abuela con una sonrisa.

—En fin, les deseo buena suerte con todo el...
mmm... lío ese de la fusión del film transparente y
el plástico de burbujas.

Dicho esto, el agente Watson se subió al coche
y desapareció en la oscuridad. Ben y la abuela se
quedaron contemplando la magnífica fortificación
milenaria que se alzaba al otro lado del río. La Torre de Londres parecía más espectacular que nunca por la noche, cuando se iluminaban las cuatro
torres abovedadas, cuyo reflejo cabrilleaba en las
oscuras y heladas aguas del Támesis.

Tiempo atrás, la Torre había sido una cárcel por la
que habían pasado prisioneros muy famosos (incluyendo la futura reina Isabel I de Inglaterra, el aventurero sir Walter Raleigh, el conspirador Guy Fawkes,
el líder nazi Rudolf Hess y también Jedward).*

---

* Vale, lo de Jedward es un bulo, pero es verdad que me gustaría ver a sus componentes encerrados para siempre en la
Torre de Londres por atentar contra la música.

Hoy en día, sin embargo, la Torre se usa como museo y acoge las joyas de la corona, un tesoro de incalculable valor que ocupa todo un edificio, conocido como la Casa de las Joyas.

La extraña pareja de ladrones se acercó a la orilla del río.

—¿Listo? —preguntó la abuela con las gafas de buceo totalmente empañadas tras haber pasado más de una hora en un coche patrulla.

—Sí. —Ben tembló de emoción—. Estoy listo.

La abuela cogió la mano de Ben, contó hasta tres y se zambulleron a una en las oscuras aguas del río.

Incluso con los trajes de neopreno notaron el agua helada, y por unos instantes, Ben no vio nada en medio de la negrura. Era aterrador y excitante a partes iguales.

Cuando sacaron la cabeza del agua, Ben se quitó el tubo de la boca un momento.

—¿Te encuentras bien, abuela?

—¡Nunca me he sentido más viva!

Empezaron a nadar al estilo perrito. Ben nunca había sido muy buen nadador, y se quedó un poco atrás. Deseó haberse llevado los manguitos, o por lo menos una colchoneta hinchable.

Una enorme lancha de recreo con música a todo trapo y un grupo de jóvenes en plena fiesta surcó las aguas del río. La abuela se había adelantado, y al pasar la embarcación Ben la perdió de vista.

«¡Oh, no!»

¿La habría arrollado la lancha?

¿Estaría muerta, sepultada bajo las aguas del Támesis?

—¡Vamos, tortuga! —gritó la anciana cuando la lancha deportiva pasó y volvieron a verse. Ben soltó un suspiro de alivio y siguió nadando a lo perrito en las profundas, tenebrosas y sucias aguas del río.

De acuerdo con el plano de *La gaceta del fontanero*, la alcantarilla quedaba justo a la izquierda de la Puerta del Traidor, a la que solo se podía acceder

desde el río y por la que habían pasado muchos prisioneros para morir decapitados o pasar el resto de sus vidas en una celda de la Torre de Londres. Hoy en día la Puerta del Traidor se encuentra tapiada, por lo que la alcantarilla era la única vía de entrada desde el río.

Entonces, con una enorme sensación de alivio, Ben encontró la alcantarilla, medio sumergida. Era un agujero oscuro y de lo más inquietante en cuyo interior resonaba el murmullo del agua.

De pronto, Ben empezó a preguntarse hasta qué punto merecía la pena embarcarse en aquella aventura. Por mucho que le gustara la fontanería, no le apetecía nada trepar por una antigua cloaca.

—Vamos, Ben —lo animó la abuela flotando en el agua—. No hemos llegado hasta aquí para echarnos atrás en el último momento.

«En fin —pensó Ben—. Si una abuelita puede hacerlo, no seré yo menos.»

Respiró hondo y se metió en la alcantarilla. La abuela lo seguía de cerca.

El interior de la alcantarilla estaba oscuro como boca de lobo, y cuando había recorrido unos pocos metros se notó un bulto en la cabeza. Oyó un ruidito y sintió que algo le rascaba el cuero cabelludo.

Parecían garras.

Se llevó la mano a la cabeza.

Tocó algo grande y peludo.

Solo entonces comprendió con horror lo que estaba pasando.

¡ERA UNA RATA!

Una rata gigante se había encaramado a su cabeza.

—¡AAAAAAHHHHHH!

—gritó Ben.

25

Entre fantasmas

El grito de Ben resonó por toda la alcantarilla. Apartó de un manotazo la rata, que salió volando por los aires y aterrizó sobre la abuela, que avanzaba a gatas justo detrás de él.

—Pobre animalito —dijo ella—. No debes hacerle daño, tesoro.

—Pero...

—Esa rata estaba aquí antes que nosotros. Venga, tenemos que darnos prisa. El efecto del pastel con extracto de hierbas no tardará en desaparecer.

Siguieron gateando por la alcantarilla, que estaba mojada, resbaladiza y olía fatal (por desgracia para ellos, la caca antigua seguía apestando).

Al cabo de un rato, Ben vislumbró un rayo de luz grisácea en medio de la oscuridad. ¡Era la salida del túnel, por fin!

Ben se arrastró por el hueco del antiguo excusado de piedra y luego volvió a asomarse a la alcantarilla para ayudar a la abuela a trepar hacia fuera. Estaban cubiertos de arriba abajo por una especie de barro negro, asqueroso y maloliente.

En el excusado frío y oscuro, Ben distinguió una ventana sin cristal en uno de los muros. Treparon hasta el hueco, saltaron por la ventana y aterrizaron en el césped empapado y frío del patio de la Torre.

Por unos instantes se quedaron allí tumbados, contemplando la luna y las estrellas. Ben alargó la mano y cogió la de la abuela. Ella se la apretó con fuerza.

—Esto es increíble —dijo Ben.

—En marcha, tesoro —susurró la anciana—. ¡No hemos hecho más que empezar!

Ben se levantó y ayudó a la abuela a incorporarse.

La anciana empezó a desenrollar el film transparente con el que había envuelto su bolso para evitar que se mojara.

Esto le llevó varios minutos.

—Puede que me haya pasado un poco con el film. Pero más vale tener que desear.

Finalmente, la abuela logró librarse de la interminable película de film y sacó del bolso un plano que Ben había recortado de un libro de la biblioteca del cole para que pudieran localizar la Casa de las Joyas.

De noche, el patio de la Torre de Londres daba un poco de miedo.

Se dice que la Torre está habitada por los fantasmas de los que murieron allí. A lo largo de los años, varios guardias han abandonado su puesto aterrados por haber visto a altas horas de la noche los fantasmas de ciertos personajes históricos que habían perdido la vida entre sus muros.

Ahora, sin embargo, algo incluso más extraño se paseaba por el patio de la Torre.

¡Una anciana con traje de buzo!

—¡Por aquí! —susurró la abuela, y Ben la siguió por un pasadizo.

El corazón de Ben latía con tanta fuerza que temía que fuera a salírsele del pecho.

Minutos después, se hallaban ante la puerta de la Casa de las Joyas, que daba al patio ajardinado donde se alzaba el monumento a los prisioneros que habían muerto allí, decapitados o colgados. Ben se preguntó cuál sería el castigo por robar las joyas de la corona y un escalofrío lo recorrió de arriba abajo.

Había dos beefeaters tirados en el suelo, roncando ruidosamente. Sus impecables uniformes rojinegros con la insignia «ER» bordada se estaban ensuciando en el suelo mojado. El extracto de hierbas sedantes de la abuela había cumplido su función.

Pero ¿cuánto tardaría en desaparecer su efecto?

Mientras pasaba a toda prisa por delante de los guardias, la abuela soltó una de sus típicas ventosidades, y uno de ellos arrugó la nariz, tal era el hedor.

Ben contuvo la respiración, no solo porque apestaba, sino también por miedo.

¿Y si el pedo de la abuela despertaba al guardia y lo echaba todo a perder?

Los segundos se hicieron eternos...

Y entonces el guardia abrió un ojo.

«¡Oh, no!»

La abuela apartó a Ben de un empujón y blandió el bolso como para a atizar con él al beefeater.

«Hasta aquí hemos llegado —pensó Ben—. ¡Nos colgarán!»

Pero entonces el guardia volvió a cerrar el ojo y siguió roncando.

—Abuela, por favor, intenta controlarte —susurró Ben.

—¡Pero si yo no he hecho nada! —replicó la abuela con aire inocente—. Habrás sido tú.

Se acercaron de puntillas a la inmensa puerta de acero de la Casa de las Joyas.

—Muy bien. Ahora solo necesito el taladro inalámbrico de tu padre... —dijo la anciana hurgando en el bolso. El aparato emitió un zumbido y la abuela empezó a taladrar la puerta. Una tras otra, las cerraduras metálicas fueron cayendo al suelo.

Los guardias empezaron a roncar muy alto.

—¡JJJJJJJJJJRRRRRRRRRRRRRRRRRRRRRRRR!

Ben se quedó paralizado y la abuela casi dejó caer el taladro al suelo. Pero los guardias siguieron durmiendo a pierna suelta, y tras unos minutos exasperantes, la última cerradura cedió al fin.

La abuela parecía agotada. Tenía la frente bañada en sudor. Se sentó en un murete a descansar un momento y sacó un termo del bolso.

—¿Un poco de sopa de repollo? —sugirió.

—No, gracias, abuela —replicó Ben. Se removió, nervioso—. Será mejor que entremos antes de que los guardias se despierten.

—Ya estamos con las prisas. La juventud de hoy no sabe esperar. La paciencia es una virtud.

Apuró la sopa de repollo y se puso en pie.

—¡Qué rica estaba! ¡Bien, vamos allá!

El portón de acero se abrió con un chirrido, y los dos ladrones entraron en la Casa de las Joyas.

De pronto, en medio de la oscuridad, los sorprendió un revoloteo de plumas negras que les azotó el rostro. Ben se asustó tanto que volvió a gritar.

—¡Chissst! —ordenó la abuela.

—¿Qué ha sido eso? —preguntó Ben al ver como aquellas criaturas aladas desaparecían en el cielo negro—. ¿Murciélagos?

—No, tesoro, cuervos. Aquí hay muchos. Anidan en la Torre desde hace cientos de años.

—Este lugar me da escalofríos —dijo Ben con un nudo en el estómago.

—Sobre todo de noche. No te apartes de mí, muchacho, que lo peor aún está por llegar...

26

Una silueta en la oscuridad

Tenían ante sí un largo y tortuoso pasillo. Allí era donde los turistas llegados de todo el mundo hacían cola durante horas para ver las joyas de la corona. La anciana y su nieto enfilaron el pasillo en silencio, caminando de puntillas y dejando tras de sí una estela de agua helada y apestosa.

Finalmente, al doblar una esquina, se toparon con la sala principal, donde se conservaban todas las piezas. Como el sol cuando sale entre los nubarrones, las joyas iluminaron los rostros de Ben y la abuela.

La pareja de ladrones se quedó muda de asombro. Contemplaron boquiabiertos los tesoros expuestos ante sus ojos. Eran más espectaculares de lo que nadie pudiera imaginar. Era la más espléndida colección de objetos preciosos del mundo entero.

Veréis, queridos lectores, no solo eran de una belleza sin par y un valor incalculable, sino que además simbolizaban siglos de historia. Son varias las piezas que componen las joyas de la corona:

- La corona de san Eduardo: cuando un nuevo monarca asciende al trono, el arzobispo de Canterbury la emplea para ungirlo en la ceremonia de coronación. Está hecha de oro macizo y adornada con zafiros y topacios. ¡Más que brillar, deslumbra!
- La Corona Imperial, que tiene engastadas tres mil piedras preciosas, incluida la Segunda Estrella de África (la segunda piedra en importancia de las que se tallaron a partir del diamante más grande jamás encontrado. No, no sé dónde está la Primera Estrella).

- La imponente Corona Imperial de la India, adornada con cerca de seis mil diamantes y magníficos rubíes y esmeraldas. Por desgracia, no es de mi talla.

- La Cuchara de la Unción, una cuchara de oro macizo del siglo XII que se emplea para ungir al nuevo monarca con óleo consagrado. No conviene usarla para comer los cereales de chocolate.

- No hay que olvidar la Ampolla, una vasija de oro con forma de águila en la que se conserva el óleo consagrado. Es como un termo, pero de lo más pijo.

- Y, finalmente, los famosos orbes y cetros.

¡Qué de bártulos!

Si las joyas de la corona figuraran en el catálogo de unos grandes almacenes, seguramente aparecerían tal que así:

La abuela sacó la bolsa de supermercado que llevaba enrollada en el bolso para meter en ella las joyas de la corona.

—Muy bien, ahora lo único que tenemos que hacer es romper este cristal —susurró.

Ben se la quedó mirando atónito.

—No estoy seguro de que todas estas joyas vayan a caber ahí dentro.

—Pues lo siento, tesoro —susurró la abuela—. Ahora te hacen pagar cinco peniques por cada bolsa, así que solo compré una.

El cristal tenía varios centímetros de grosor.

Y era a prueba de balas.

Ben había sacado un puñado de sustancias químicas de la clase de ciencias y las había mezclado para que produjeran un gran...

¡¡¡BUUUUUUUUUUUUUUUUUUMMMMMMMMMMMMMMM!!!

... al detonar.

Pegaron el compuesto químico al cristal con un poco de masilla adhesiva. Luego la abuela insertó la punta de un ovillo de lana rosa en la masilla (la lana daba una mecha perfecta) y sacó unas cerillas del bolso. Solo quedaba asegurarse de que estaban lo bastante lejos de allí en el momento de la explosión para no saltar por los aires.

—Vamos allá, Ben —susurró la abuela—. Alejémonos tanto como podamos de la vitrina.

Se resguardaron al otro lado de una pared, desenrollando el ovillo de lana rosa a medida que retrocedían.

—¿Quieres prender tú la mecha? —preguntó la abuela.

Ben asintió. Se moría de ganas de hacerlo, pero las manos le temblaban tanto a causa de la emoción que no sabía si podría.

Abrió la caja de cerillas. Solo quedaban dos.

Iba a encender la primera, pero por culpa de los nervios la rompió en dos nada más cogerla.

—Vaya por Dios —susurró la abuela—. Inténtalo de nuevo.

Ben cogió la segunda cerilla.

Intentó encenderla, pero en vano. La manga de su traje de buzo debía de estar goteando. Ahora tanto la caja como la única cerilla que quedaba estaban empapadas.

—¡Nooo! —gritó Ben desesperado—. Mamá y papá tienen razón, soy un inútil. ¡No sé ni encender una cerilla!

La abuela rodeó a Ben con los brazos, y los trajes de neopreno chirriaron con el roce.

—No digas eso, Ben. Eres un chico increíble. Te lo digo en serio. Desde que pasamos más tiempo juntos me siento muy feliz, no te imaginas cuánto.

—¿De verdad? —preguntó Ben.

—¡De verdad de la buena! —contestó la abuela—. Y, además, eres listísimo. Has planeado todo este golpe sin la ayuda de nadie, y solo tienes once años.

—Casi doce —precisó Ben.

La abuela se rió entre dientes.

—Sí, pero tú ya me entiendes, tesoro. ¿Cuántos chicos habrían sabido planear un golpe tan osado?

—Pero no vamos a poder robar las joyas de la corona y todo habrá sido una pérdida de tiempo.

—No te des por vencido todavía —repuso la abuela sacando del bolso una lata de sopa de repollo—. ¡Siempre podemos probar con la fuerza bruta de toda la vida!

La abuela le tendió la lata. Ben la cogió con una sonrisa y se acercó a la vitrina.

—¡Allá va! —dijo tomando impulso con la mano que empuñaba la lata.

—No lo hagas, por favor —dijo una voz en la penumbra justo cuando iba a golpear el cristal.

Ben y la abuela se quedaron petrificados.

¿Sería un fantasma?

—¿Quién eres? —preguntó Ben.

Y entonces la silueta salió a la luz.

Era la reina de Inglaterra.

27

Una audiencia con la reina

—¿Qué demonios hace usted aquí? —preguntó Ben de sopetón—. Bueno… quiero decir, ¿qué demonios hacéis aquí, majestad?

—Me gusta venir aquí cuando no puedo dormir —contestó la reina con aquella voz solemne y repipi que les resultaba tan familiar. Ben y la abuela comprobaron con asombro que iba en camisón y calzaba unas zapatillas afelpadas con forma de perrito. Además, llevaba en la cabeza la corona de san Eduardo, la más deslumbrante de todas las joyas de la corona. El arzobispo de Canterbury se la había puesto en la cabeza al coronarla reina en 1953. La corona, que data de 1661, está hecha de oro macizo con diamantes, rubíes, perlas, esmeraldas y zafiros engastados.

El conjunto era de lo más estrafalario, ¡incluso para la reina de Inglaterra!

—Suelo venir aquí a pensar  —continuó—. Le he pedido a mi chófer que me acercara en el Bentley desde el palacio de Buckingham. En unas semanas tengo que dar el discurso de Navidad y necesito reflexionar con calma sobre lo que voy a decir. Nos resulta más fácil pensar cuando llevamos la corona puesta. La pregunta es: ¿qué demonios hacéis vosotros aquí?

Ben y la abuela se miraron entre sí, muertos de vergüenza.

Que te echen la bronca nunca es agradable, pero que lo haga la mismísima reina de Inglaterra supone pasar a otro nivel totalmente distinto de abroncamiento, como demuestra este sencillo gráfico:

Escala de abroncamiento

PADRES · PROFESOR · DIRECTOR DE LA ESCUELA · AZAFATA · BIBLIOTECARIO · CARTERO · LÍDER DE LOS BOY SCOUTS · AGENTE DE TRÁFICO · VIGILANTE DEL PARQUE · CURA · POLICÍA · JUEZ · LA REINA

—¿Y por qué oléis a caca? —preguntó su majestad—. Estoy esperando una respuesta.

—Yo soy la única culpable, majestad —dijo la abuela agachando la cabeza.

—No —replicó Ben—. Fui yo quien dijo que deberíamos robar las joyas de la corona. Yo la convencí.

—Es cierto —convino la abuela—, pero no me refería a eso. Yo empecé todo esto cuando se me ocurrió hacerme pasar por ladrona de guante blanco.

—¿Qué? —exclamó Ben.

—¿Perdón? —dijo la reina—. No entendemos nada.

—A mi nieto no le gustaba dormir en mi casa —explicó la abuela—. Una noche lo oí llamando a sus padres para quejarse de que se aburría conmigo...

—¡Pero, abuela, eso era antes! —protestó Ben.

—No pasa nada, Ben. Sé que las cosas han cambiado. Y es verdad que te aburrías conmigo. Lo único que hacía era comer repollo y jugar al Scrabble, aunque sabía que detestabas ambas cosas. Así que decidí inventarme un pasado aventurero, inspirándome en las novelas que leía. Por eso te dije que era una buscadísima ladrona de guante blanco que se hacía llamar el Gato Negro...

—Pero ¿y qué hay de los diamantes que me enseñaste? —preguntó Ben indignado y enfadado.

—Baratijas sin ningún valor, tesoro mío —repuso la abuela—. Son joyas falsas, de vidrio. Las encontré dentro de una vieja tarrina de helado en una tienda de objetos de segunda mano.

Ben se la quedó mirando. No podía creerlo. Todo aquello, toda aquella historia increíble, era falsa.

—¡No puedo creer que me hayas mentido! —dijo.

—Verás... yo... —titubeó la abuela.

Ben le lanzó una mirada feroz.

—Ya no eres mi abuela la gánster —dijo.

Hubo un terrible silencio en la Casa de las Joyas, seguido de un sonoro carraspeo.

—¡Ejem! —dijo alguien en tono imperioso.

28

Ahorcados, desollados y descuartizados

—Lamento muchísimo interrumpir —empezó la reina con su tonillo remilgado—, pero ¿os importaría volver al tema que nos ocupa? Sigo sin comprender por qué estáis los dos en la Torre de Londres a estas horas de la noche, oliendo a caca e intentando robar mis joyas.

—Bueno, la mentira fue creciendo como una bola de nieve, majestad —continuó la abuela evitando mirar a Ben—. No era mi intención llegar tan lejos. Supongo que me dejé llevar. Me gustaba tanto estar con mi nieto, pasármelo bien con él...

Era como cuando le leía cuentos antes de irse a dormir. Cuando no le parecía una vieja aburrida.

Ben se removió incómodo. También él empezaba a sentirse culpable. La abuela le había mentido, y eso era imperdonable, pero no lo habría hecho si él no la hubiese disgustado diciendo que era una vieja aburrida.

—Yo también me lo he pasado muy bien —dijo en un susurro.

La abuela le dedicó una sonrisa.

—Me alegro, pequeño Benny. Lo siento muchísimo, de verdad que...

—Ejem —interrumpió la reina.

—Ah, sí —dijo la abuela—. Bueno, cuando me di cuenta, la cosa se me había ido de las manos y estábamos planeando el golpe más osado de todos los tiempos. Hemos entrado por las antiguas cloacas, dicho sea de paso. Normalmente no olemos así de mal, majestad.

—Eso espero...

¡QUÉ PEEEEEESSSSSSSSSSSSSSTEEEEEEEEEEEEEEEEEEEEEEEEEEEEEEEEEE!

Ahora sí que Ben se sentía fatal. Aunque la abuela nunca hubiese sido una ladrona de guante blanco buscada en medio mundo, era cualquier cosa menos aburrida. Lo había ayudado a planear el golpe, y allí estaban, en la Torre de Londres, a medianoche, ¡de charla con la mismísima reina!

«Tengo que hacer algo para ayudarla», se dijo Ben.

—El golpe fue idea mía, majestad —afirmó—. Lo siento muchísimo.

—Por favor, dejad que mi nieto se vaya —pidió la abuela—. Tiene toda una vida por delante, no quiero que la eche a perder. Por favor, os lo ruego. Íbamos a devolver las joyas mañana por la noche. Os lo juro.

—Y yo voy y me lo creo... —murmuró la reina.

—¡Es la verdad! —exclamó Ben.

—Por favor, haced lo que queráis conmigo, majestad —prosiguió la abuela—. Haced que me encierren en la Torre para siempre, si eso os complace, pero dejad que el chico se marche, os lo suplico.

La reina parecía absorta en sus pensamientos.

—La verdad es que... no sé qué hacer —dijo al fin—. Vuestra historia me ha conmovido. Como sabéis, yo también soy abuela, y sé lo que se siente cuando tus nietos te consideran un vejestorio aburrido.

—¿De verdad? —preguntó Ben—. Pero ¡si vos sois la reina!

—Lo sé —replicó esta riendo entre dientes.

Ben no salía de su asombro. Nunca hasta entonces había visto reír a su majestad. Siempre estaba muy seria, y nunca se permitía una sonrisa: ni cuando salía por la tele dando el discurso de Navidad, ni cuando inauguraba las sesiones del Parlamento, ni tan siquiera con los números cómicos de la gala benéfica de Navidad.

—Pero ellos solo me ven como su vieja y aburrida abuela —continuó la soberana—. Olvidan que también fui joven.

—Y que ellos también serán viejos algún día —remató la abuela mirando a Ben.

—¡Exacto, querida! —asintió la reina—. Creo que nuestros jóvenes necesitan dedicar un poco más de tiempo a sus mayores.

—Lo siento, majestad —dijo Ben—. Si no hubiese sido tan egoísta y no me hubiese quejado de que la gente mayor es aburrida, nada de esto habría ocurrido.

Hubo un silencio incómodo.

La abuela hurgó en su bolso y sacó una bolsita de su interior.

—¿Le apetece un caramelo de menta, majestad?

—Sí, gracias —dijo la reina, que le quitó el envoltorio y se lo metió en la boca—. Vaya, hacía años que no probaba uno de estos.

—Son mis preferidos —dijo la abuela.

—Y tardan muchísimo en derretirse —añadió la reina chupeteando el caramelo, pero enseguida recobró la compostura.

—¿Sabéis qué fue del último insensato que intentó robar las joyas de la corona? —preguntó la reina.

—¿Acabó ahorcado, desollado y descuartizado? —aventuró Ben sin poder ocultar su excitación.

—Lo creáis o no, le perdonaron —contestó la reina con una sonrisa irónica.

—¿Le perdonaron? —preguntó la abuela.

—En 1671, un irlandés que se hacía llamar coronel Blood intentó robar las joyas, pero los guardias lo cogieron cuando se daba a la fuga. Ocultó esta misma corona que ahora llevo puesta bajo su capa y la dejó caer al suelo nada más salir del edificio. El atrevido plan del coronel Blood le hizo tanta gracia al rey Carlos II que ordenó ponerlo en libertad.

—Tengo que buscarlo en Google —dijo Ben.

—No sé qué es eso del Google —dijo la abuela.

—Yo tampoco —dijo la reina con una risita—. Así que, por no romper con la tradición, eso es lo que haré. Perdonaros a ambos.

—Oh, gracias, majestad —dijo la abuela besándole la mano.

Ben se puso de rodillas.

—Gracias, muchísimas gracias, majestad...

—Vale, vale, no hace falta que me hagáis la pelota —dijo la reina en tono altanero—. No lo soporto. He perdido la cuenta de la cantidad de pelotas a los que he tenido que aguantar en mi reinado.

—Lo siento muchísimo, su majestuosa alteza real —dijo la abuela.

—¡A eso me refiero, precisamente! ¡Está usted peloteándome! —replicó la reina.

Ben y la abuela se miraron temerosos. Era difícil hablar con la reina sin pelotearla ni un pelín.

—Y ahora marchaos de una vez —ordenó la reina—, antes de que esto se llene de guardias. Y no os olvidéis de verme en la tele el día de Navidad...

29

La redada

Amanecía cuando por fin volvieron a Grey Close. Esta vez no había ningún coche patrulla dispuesto a acercarlos a su destino. El viaje en motosilla desde Londres se les hizo eterno. Remontaron los badenes de la calle uno tras otro, pumba, pumba, pumba, y enfilaron lentamente el camino de acceso a la casa de la abuela.

—¡Menuda nochecita! —dijo Ben con un suspiro.

—Y que lo jures. Recórcholis, me he quedado anquilosada de pasar tanto tiempo sentada en este cacharro —refunfuñó la abuela mientras se apeaba de la motosilla con esfuerzo—. De verdad que lo siento Ben —dijo tras una pausa—. Lo último que quería era hacerte daño. Pero me lo estaba pasando tan bien contigo que no quería que se acabara.

Ben sonrió.

—No pasa nada —dijo—. Comprendo por qué lo has hecho. Y no te preocupes; ¡sigues siendo mi abuela la gánster!

—Gracias —musitó la abuela—. De todos modos, creo que esta noche hemos tenido bastantes emociones para toda una vida. Quiero que te vayas a casa, que te portes bien y te concentres en la fontanería...

—Lo haré, te lo prometo. Se acabaron los grandes golpes —dijo Ben entre risas.

De pronto, la abuela se quedó quieta como una estatua.

Miró hacia arriba.

Ben oyó el traqueteo de un helicóptero por encima de sus cabezas.

—¿Abuela...?

—¡Chissst! —La abuela ajustó el volumen del audífono y aguzó el oído—. Hay más de un helicóptero. Suena como toda una flota.

¡NIIINOOO, NIIINOOO, NIIINOOO, NIII-NOOO, NIIINOOO!

Las sirenas de la policía ulularon a su alrededor, y en cuestión de segundos varios agentes fuertemente armados los rodearon desde todos los ángulos. Ben y la abuela ya no podían ver ninguna de las casas de la calle, porque estaban cercados por un muro de policías con chalecos antibalas. El ruido de los helicópteros policiales era tan ensordecedor que la abuela tuvo que bajar el volumen del audífono.

Una voz habló por megafonía desde uno de los helicópteros:

—Estáis rodeados. Entregad las armas. Repito, entregad las armas o abriremos fuego.

—¡No tenemos armas! —gritó Ben.

Aún no había hecho el cambio de voz, y le salió un poco aflautada.

—No discutas con ellos, Ben. ¡Tú solo pon las manos arriba! —chilló la abuela para hacerse oír en medio del ruido.

Los dos aprendices de gánsters levantaron las
manos. Un grupo de policías especialmente va-
lientes avanzaron, apuntando con sus armas a Ben
y la abuela. Los hicieron retroceder a empujones y
les ordenaron que se tumbaran en el suelo.

—¡No os mováis! —tronó la voz desde el helicóptero.

«¿Cómo voy a moverme con un policía como un armario arrodillado sobre mi espalda?», pensó Ben.

Varias manos enguantadas los cachearon de arriba abajo y hurgaron en el bolso de la abuela, seguramente en busca de armas. De haber buscado pañuelos usados, habrían tenido más suerte, pero no encontraron una sola arma.

Los agentes los esposaron y los obligaron a incorporarse. El muro de policías se abrió para dejar paso a un hombre mayor con una gran narizota y un sombrero Porkpie.

Era el señor Parker.

El vecino metomentodo de la abuela.

30

Un paquete de sal

—No creeríais que podíais robar las joyas de la corona y saliros con la vuestra, ¿verdad? —dijo el señor Parker con retintín—. Lo sé todo sobre vuestro malvado plan. Se acabó lo que se daba. Agentes, llévenselos. ¡Enciérrenlos y tiren la llave!

Los policías arrastraron a los detenidos hacia dos coches patrulla aparcados cerca de allí.

—¡Un momento! —gritó Ben—. Si hemos robado las joyas de la corona, ¿dónde están?

—¡Sí, por supuesto! Las pruebas. Eso es lo único que necesitamos para meteros a los dos en la

cárcel para siempre. Buscad en la cesta de la motosilla ¡rápido! —ordenó el señor Parker.

Uno de los policías registró la cesta y encontró un
gran paquete envuelto en film transparente mojado.

—Ajá, ahí están las joyas —afirmó el señor Parker muy seguro de sí—. Dámelas.

El señor Parker miró a Ben y a la abuela por encima del hombro y empezó a desenvolver el paquete.

Al cabo de un rato, el volumen del paquete se
había reducido considerablemente. Por fin, el señor Parker alcanzó el extremo del envoltorio.

—¡Ajá, aquí están! —anunció justo en el instante en que una lata de sopa de repollo caía al suelo.

—¿Le importaría darme eso, señor Parker? —dijo la abuela—. Es mi almuerzo.

—¡Registrad la casa! —gritó el señor Parker.

Unos pocos policías intentaron forzar la puerta
principal embistiéndola con los hombros. La abuela los dejó hacer durante un rato, divertida.

—Tengo la llave aquí mismo, por si lo prefieren —dijo al fin.

Uno de los policías se acercó a la anciana y cogió la llave. Parecía avergonzado.

—Gracias, señora —dijo educadamente.

Ben y la abuela intercambiaron una sonrisa.

Cuando el agente abrió la puerta, lo que parecían cientos de policías irrumpieron en la casa. Registraron hasta el último rincón de la vivienda, pero no tardaron en salir con las manos vacías.

—Me temo que ahí dentro no hay ninguna joya de la corona, señor —dijo uno de los policías—. Solo un juego de Scrabble y unas cuantas latas más de sopa de repollo.

El señor Parker se puso rojo de ira. Había llevado allí a la mitad del cuerpo de policía para nada.

—Bien, señor Parker —le dijo uno de los agentes—, tiene suerte de que no lo detengamos por hacer perder el tiempo a la policía...

—¡Esperad! —dijo el señor Parker—. Solo porque las joyas no estén en la casa ni las lleven encima no significa que no las hayan robado. Sé lo que escuché. Buscad... ¡en el jardín! ¡Eso es, excavad el jardín!

El policía alzó una mano con un gesto apaciguador.

—Señor Parker, no podemos...

De pronto, los ojos del señor Parker se iluminaron con una mirada triunfal.

—Un momento. No les habéis preguntado dónde han estado esta noche. Sé que han ido a robar las joyas de la corona. ¡Y apuesto a que no tienen ninguna coartada!

El policía se volvió hacia Ben y la abuela frunciendo el ceño.

—No está mal visto, la verdad —dijo—. ¿Les importaría decirme dónde han estado esta noche?

El señor Parker sonreía de oreja a oreja.

Justo entonces, otro policía se abrió paso hasta ellos. Había en él algo familiar, y cuando Ben vio su bigote, supo quién era.

—Jefe, acaban de pasarnos una llamada para usted —empezó el agente Watson sosteniendo el walkie-talkie. Frenó en seco al ver a Ben y a la abuela y los miró boquiabierto—. ¡Vaya, vaya! —exclamó—. ¡Pero si es la Liga de Fans del Film Transparente!

—¡Agente Holmes! —saludó Ben.

—¡Watson! —corrigió él.

—Perdón, Watson. Me alegro de volver a verlo.

El oficial de más rango parecía confuso.

—¿Alguien me explica qué está pasando?

—Este chaval y su abuela son de la Liga de Fans del Film Transparente. Esta noche han ido a la reunión anual que se celebra en Londres. En realidad, yo los acompañé hasta allí.

—Entonces, ¿no han ido a robar las joyas de la corona? —preguntó su superior.

—¡Claro que no! —contestó el agente Watson entre risas—. Han ido a fusionarse con la Liga de Fans del Plástico de Burbujas. ¡Robar las joyas de la corona, anda que no! —Se volvió hacia Ben y la abuela con una sonrisa—. ¡A quién se le ocurre!

El señor Parker se puso rojo como un tomate.

—Pero... pero... ¡Le digo que lo han hecho! ¡Son ladrones, se lo aseguro!

Mientras el señor Parker seguía farfullando, el oficial al mando cogió el walkie-talkie del agente Watson.

—Sí. Ajá. De acuerdo. Gracias —dijo. Entonces se volvió hacia Ben y la abuela—. Eran los del servicio de Inteligencia. Les he pedido que comprueben si las joyas de la corona están en su sitio, y así es. Le pido perdón, señora. A ti también, muchacho. Les quitaremos las esposas en un periquete.

El señor Parker se vino abajo. Parecía desolado.

—No, no puede ser...

—¡Como vuelva a abrir el pico, señor Parker —le advirtió el oficial al mando—, haré que pase la noche en un calabozo!

Dicho lo cual se dio media vuelta y se dirigió a uno de los coches patrulla, seguido por el agente Watson, que se volvió para decir adiós a Ben y la abuela.

Ben se acercó al señor Parker con la mano todavía esposada a la de su abuela.

—Lo que oyó usted no eran más que cuentos —dijo Ben—. Historias que se inventa mi abuela.

Señor Parker, creo que su imaginación le ha jugado una mala pasada.

—Pero pero pero... —masculló el hombre.

—¿Yo, una ladrona de guante blanco buscada en medio mundo? —dijo la abuela entre risas. Los policías también se echaron a reír—. ¡Hay que ser un poco tontaina para creer algo así! —añadió, y volviéndose hacia su nieto, susurró—: Lo siento, Ben.

—¡No pasa nada! —contestó él.

Los policías les quitaron las esposas, se subieron a sus coches y furgonetas y se marcharon a toda prisa de Grey Close.

—Lamento haberle molestado, señora —dijo uno de los agentes antes de irse—. Que pase un buen día.

Los helicópteros despegaron mientras el sol asomaba sobre el horizonte. Cuando las hélices empezaron a girar a plena potencia, el inseparable sombrero del señor Parker salió volando de su cabeza y fue a caer en un charco.

La abuela se acercó al señor Parker, que se había quedado quieto como un pasmarote en medio de la calle.

—Si alguna vez se le acaba la sal... —empezó en tono amable.

—Sí... —repuso el señor Parker.

—Ni se le ocurra llamar a mi puerta, o le meteré el paquete de sal por ya sabe dónde —remató la abuela con una sonrisa de lo más dulce.

31

Una luz dorada

El sol había salido y bañaba Grey Close con su luz dorada. El rocío había dejado el suelo húmedo y una bruma misteriosa daba un aspecto mágico a la hilera de casitas.

—En fin... —dijo la abuela con un suspiro—. Será mejor que vuelvas a casa enseguida, jovencito, antes de que tus padres se despierten.

—Mis padres no quieren saber nada de mí —dijo Ben.

—Eso no es verdad —replicó la abuela rodeando a su nieto con el brazo—. Lo que pasa es que no saben demostrarte lo mucho que te quieren.

—Puede.

Ben dio un bostezo enorme, el más grande que había dado nunca.

—Qué cansado estoy. ¡Ha sido increíble!

—Ha sido la noche más emocionante de toda mi vida, Ben. No me lo hubiese perdido por nada del mundo —dijo la abuela con una sonrisa radiante. Respiró hondo—. Ah, la alegría de estar vivo...

Entonces se le llenaron los ojos de lágrimas.

—Abuela, ¿estás bien? —preguntó Ben con un hilo de voz.

La abuela apartó el rostro.

—Estoy perfectamente, tesoro, de verdad.

Le temblaba la voz. De pronto, Ben supo que algo iba mal, terriblemente mal.

—Puedes contármelo, abuela. Por favor...

Cogió la mano de la anciana. Tenía la piel suave pero marchita. Frágil.

—Bueno... —empezó la abuela dudando—. Verás, te he mentido en otra cosa.

Ben sintió que se le encogía el corazón.

—¿En qué? —preguntó, y le apretó la mano para tranquilizarla.

—Bueno, la semana pasada el médico me dio los resultados de la revisión y los análisis, y te dije que estaba hecha un pimpollo, pero no es cierto. —La abuela hizo una pausa—. La verdad es que tengo cáncer.

—No, no... —dijo Ben con lágrimas en los ojos. Había oído hablar del cáncer, lo bastante para saber que podía ser mortal.

—Justo antes de que te presentaras en el hospital, el médico me había dicho que el cáncer... bueno, está muy extendido.

—¿Cuánto tiempo te queda? —farfulló Ben—. ¿Te lo dijo?

—Dijo que no llegaría a Navidad.

Ben abrazó a la abuela con todas sus fuerzas, como si así pudiera transmitirle su propia vitalidad.

Las lágrimas rodaban por sus mejillas. No era justo; hasta hacía unas semanas no conocía realmente a la abuela, y ahora iba a perderla.

—No quiero que te mueras.

La abuela miró a Ben unos instantes.

—Ninguno de nosotros vive para siempre, hijo mío. Pero ¡espero que nunca olvides a tu vieja y aburrida abuela!

—Tú no eres aburrida. ¡Eres una gánster total! ¡Recuerda que hemos estado a punto de robar las joyas de la corona!

La abuela soltó una risita.

—Sí, pero ni una palabra de eso a nadie, por favor. Aun así, podrías meterte en grandes apuros. Siempre será nuestro pequeño secreto.

—¡Y de la reina! —dijo Ben.

—¡Oh, sí! Qué encanto de señora.

—Nunca te olvidaré, abuela —dijo Ben—. Siempre te llevaré en el corazón.

—Eso es lo más bonito que me han dicho nunca —dijo la anciana.

—Te quiero mucho, abuela.

—Yo también te quiero, Ben. Pero ahora será mejor que vuelvas a casa.

—No quiero dejarte sola.

—Eres muy bueno, tesoro, pero si tus papás se despiertan y se dan cuenta de que no estás, se preocuparán muchísimo.

—No, no lo harán.

—Por supuesto que lo harán. Y ahora, Ben, por favor, sé un buen chico.

Ben se incorporó a regañadientes y ayudó a la abuela a levantarse del escalón.

Luego la abrazó con fuerza y la besó en la mejilla. Le daba igual que tuviera pelos en la barbilla. Es más: le encantaba.

Le encantaban los pitidos de su audífono. Le encantaba que oliera a repollo. Y, por encima de todo, le encantaba que se tirara pedos sin ni siquiera darse cuenta.

Todo en ella le encantaba.

—Adiós —dijo en un susurro.

—Adiós, Ben.

32

Un sándwich familiar

Cuando por fin llegó a casa, Ben se dio cuenta de que el pequeño coche marrón no estaba aparcado delante de la puerta.

¿Adónde podrían haber ido sus padres tan pronto?

Trepó por el bajante hasta la ventana de su habitación, lo que no le resultó fácil, pues no había pegado ojo en toda la noche, estaba cansado y pesaba más de lo habitual por culpa del traje de buzo. Ya en la habitación, apartó las pilas de *La gaceta del fontanero* para poder esconder el traje de neopreno debajo de la cama. Luego, procurando no hacer ruido, se puso el pijama y se acostó.

Justo cuando estaba a punto de cerrar los ojos, oyó el frenazo del coche. La puerta se abrió de golpe y sus padres entraron llorando a moco tendido.

—Lo hemos buscado por todas partes —dijo su padre sorbiéndose la nariz—. No sé qué más hacer.

—Todo esto es culpa mía —añadió su madre entre sollozos—. Nunca debimos apuntarlo al campeonato de baile. Se habrá escapado de casa...

—Llamaré a la policía.

—Sí, sí, hay que hacerlo cuanto antes. Tendríamos que haber llamado hace horas.

—Pondremos a todo el país tras su pista. Hola, sí, necesito hablar con la policía, por favor... Es por mi hijo. No encuentro a mi hijo...

Ben sintió unos remordimientos terribles. Resultaba que sus padres sí se preocupaban por él.

Muchísimo.

Se levantó de un brinco, abrió la puerta de sopetón, bajó las escaleras corriendo y se lanzó a sus
brazos. Su padre dejó caer el auricular.

—¡Oh, hijo mío, hijo mío! —exclamó.

Abrazó a Ben con más fuerza de lo que nunca
había hecho. Su madre también lo rodeó con sus
brazos, completando así el gran sándwich familiar.

—¡Ay, Ben, gracias a Dios que has vuelto! —gi-
mió su madre—. ¿Dónde has estado?

—Con la abuela —contestó Ben mintiendo solo a medias—. Está... bueno, está muy enferma —dijo apenado. Pero a juzgar por la cara de sus padres, ya lo sabían.

—Sí —dijo su padre, tratando de dar con las palabras adecuadas—. Me temo que se va a...

—Lo sé —interrumpió Ben—. Y no puedo creer que no me lo hayas dicho. ¡Es mi abuela!

—Ya —dijo su padre—. Y también es mi madre. Perdona que no te lo haya dicho, hijo. No quería darte un disgusto.

De pronto, Ben vio el dolor en la mirada de su padre.

—No pasa nada, papá —dijo.

—Tu madre y yo hemos pasado la noche en vela buscándote —añadió su padre, estrechando a su hijo con más fuerza todavía—. Nunca se nos habría ocurrido buscarte en casa de la abuela. Como siempre dices que es tan aburrida...

—Pues no lo es. Es la mejor abuela del mundo.

Su padre sonrió.

—Cuánto me alegro de oírlo, hijo. Pero podías habernos dicho dónde estabas.

—Lo siento. Después de lo mucho que os decepcioné en el concurso de baile, pensaba que no querríais saber nada de mí.

—¿Cómo has podido pensar eso? —repuso su padre consternado—. ¡Nosotros te queremos!

—¡Te queremos muchísimo, Ben! —añadió su madre—. Nunca creas lo contrario. ¿A quién le importa ese campeonato de baile de Flavio Flavioli? Estoy muy orgullosa de ti, hagas lo que hagas.

—Ambos lo estamos —afirmó su padre.

Ahora toda la familia lloraba y reía a la vez, y era difícil saber si de alegría o tristeza. Seguramente de ambas. En el fondo, daba igual.

—¿Nos vamos a casa de la abuela a tomar una taza de té? —sugirió su madre.

—Sí —contestó Ben—. Eso estaría bien.

—Tu padre y yo hemos estado hablando... —empezó su madre, cogiendo la mano de Ben entre las suyas—. He encontrado tus revistas de fontanería.

—Pero... —dijo Ben.

—No pasa nada —lo interrumpió su madre—. No tienes por qué avergonzarte. Si ese es tu sueño, ¡ve a por él!

—¿Lo dices en serio? —preguntó Ben.

—¡Claro! —contestó su padre—. Solo queremos que seas feliz.

—Eso sí... —continuó su madre—. Tu padre y yo creemos que es muy importante que tengas un as en la manga, por si lo de la fontanería no sale bien.

—¿Un as en la manga? —preguntó Ben. Por lo general no acababa de entender lo que decían sus padres, pero ahora estaba completamente perdido.

—Sí —dijo su padre—. Y ya sabemos que el baile de salón no es lo tuyo...

—No —asintió Ben aliviado.

—Bueno, ¿y qué te parece el patinaje artístico? —sugirió su madre.

Ben se la quedó mirando horrorizado.

Por unos instantes que se le hicieron eternos, se limitó a sostenerle la mirada, hasta que finalmente no pudo más y rompió a reír a carcajadas. Su padre no tardó en secundarla, y aunque seguía teniendo lágrimas en los ojos, Ben no pudo evitar unírseles.

33

Silencio

Después de aquello, las cosas empezaron a ir mucho mejor entre Ben y sus padres. Un día su padre hasta lo acompañó a la ferretería y le compró algunas herramientas de fontanero, y se lo pasaron en grande desmontando un sifón entre los dos.

Y entonces, una semana antes de Navidad, recibieron una llamada a medianoche.

Un par de horas más tarde, Ben y sus padres se reunieron en torno a la cama de la abuela. Estaba en una residencia para enfermos terminales, que es adonde van las personas cuando los médicos ya no pueden hacer nada por ellas. No le quedaba mucho tiempo de vida. Horas, quizá. Las enfermeras habían dicho que podía morir en cualquier momento.

Ben no se apartaba de la cabecera de la abuela. Aunque tenía los ojos cerrados y no parecía capaz de hablar, estar en la misma habitación que ella era una experiencia increíblemente intensa.

Su padre caminaba en círculos a los pies de la cama, sin saber qué decir ni hacer.

Su madre lo miraba, sintiéndose impotente.

Ben se limitaba a sostener la mano de la abuela.

No quería que se adentrara sola en la oscuridad.

Oían su respiración jadeante. Era un sonido horroroso. Solo podía haber algo peor.

El silencio.

Porque significaría que la abuela había muerto.

Entonces, para sorpresa de todos, la anciana parpadeó y abrió los ojos. Sonrió al verlos allí reunidos.

—Me muero... de hambre —dijo con voz débil. Hurgó bajo las sábanas y sacó un bulto envuelto en film transparente, que empezó a desenrollar.

—¿Qué es eso? —preguntó Ben.

—Ah, un poco de pastel de repollo —contestó la abuela con un hilo de voz—. La comida que te dan aquí es incomestible, os lo digo en serio.

Un poco más tarde, los padres de Ben salieron a tomar un café a la máquina expendedora, pero Ben no quería dejar a la abuela sola ni un instante. Alargó la mano y cogió la suya. La notó seca, y muy ligera.

Despacio, la abuela se volvió hacia él. Se le agotaba el tiempo, Ben lo sabía. Ella le guiñó un ojo.

—Siempre serás mi pequeño Benny —susurró.

Ben recordó que solía detestar que lo llamara así. Ahora le encantaba.

—Lo sé —repuso con una sonrisa—. Y tú siempre serás mi abuela la gánster.

Más tarde, cuando la abuela ya se había marchado para siempre, Ben y sus padres abandonaron la residencia y volvieron a casa en coche. Ben iba en el asiento de atrás, callado. Todos estaban agotados de tanto llorar. Las aceras estaban repletas de gente que había salido a hacer las compras de Navidad, había mucho tráfico en las calles y una larga cola a las puertas del cine. Ben no podía creer que la vida siguiera igual que siempre cuando acababa de pasar algo tan terrible.

Al doblar una esquina, el coche pasó por delante de una hilera de pequeños comercios.

—¿Puedo entrar un momento en el quiosco, por favor? —pidió Ben—. No tardaré.

Su padre aparcó el coche y Ben caminó bajo los ligeros copos de nieve hasta la tienda de Raj.

¡TILÍN!, hizo la campanilla al abrirse la puerta.

—¡Ah, joven Ben! —exclamó Raj. El quiosquero se dio cuenta de que el chico estaba triste—. ¿Ocurre algo?

—Sí, Raj... —farfulló Ben—. Mi abuela acaba de morirse.

El hecho de decirlo en voz alta hizo que rompiera a llorar otra vez.

Raj salió de detrás del mostrador y le dio un gran abrazo.

—Oh, Ben, lo siento mucho. Llevaba algún tiempo sin verla, y suponía que no se encontraba bien.

—No, no estaba bien. Solo he venido —empezó Ben sorbiéndose la nariz— para decirte que te estoy muy agradecido por haberme regañado el otro día. Tenías razón, mi abuela no era aburrida, ni mucho menos. Era maravillosa.

—No era mi intención regañarte, jovencito. Solo pensé que seguramente nunca te habías tomado la molestia de intentar conocer a tu abuela.

—Y tenías razón. Era mucho más interesante de lo que nunca hubiese imaginado.

Ben se secó las lágrimas con la manga.

Raj empezó a rebuscar por la tienda.

—Veamos... Sé que tengo un paquete de pañuelos de papel por algún sitio. ¿Dónde estará? Ah, sí, debajo de los cromos de fútbol. Aquí tienes.

El quiosquero abrió el paquete y se lo ofreció a Ben. El chico se secó los ojos.

—Gracias, Raj. ¿Diez paquetes de pañuelos al precio de nueve? —preguntó con una sonrisa.

—¡No, de eso nada! —contestó Raj con tono enérgico.

—¿Quince paquetes al precio de catorce?

Raj posó una mano en el hombro de Ben.

—No lo entiendes —dijo—. Invita la casa.

Ben no se lo podía creer. En toda la historia de la humanidad no había constancia de que Raj hubiese regalado nada jamás. Era inaudito. Era una locura. Era... era justo lo que faltaba para que Ben se echara a llorar de nuevo si no se andaba con ojo.

—Muchas gracias Raj —dijo rápidamente con un nudo en la garganta—. Será mejor que vuelva con mis padres. Me están esperando en el coche.

—Sí, claro, pero espera un segundo —dijo Raj—. Tengo un regalo de Navidad para ti. Debe de estar por aquí. —Revolvió de nuevo su pequeña y abarrotada tienda—. ¿Dónde puede haber ido a parar?

Los ojos de Ben se iluminaron. Le encantaban los regalos.

—Sí, sí, aquí está, detrás de los huevos de Pascua. ¡Ya lo tengo! —exclamó Raj mientras sacaba una bolsa de caramelos de menta Murray.

Ben se sintió un poco decepcionado, pero se esforzó por disimular.

—¡Uau! Gracias, Raj —dijo en una actuación digna de la función teatral del colegio—. Toda una bolsa de caramelos de menta.

—No, solo uno —corrigió Raj abriendo la bolsa y sacando un caramelo, que ofreció a Ben—. Eran los preferidos de tu abuela.

—Lo sé —dijo Ben con una sonrisa.

34

El andador

El funeral se celebró el día de Nochebuena. Era la primera vez que Ben asistía a uno, y le pareció de lo más estrambótico. Frente al ataúd, colocado junto al altar, la gente se esforzaba por seguir entre balbuceos los cánticos religiosos, y un párroco que no conocía a la abuela de nada se encargó de dar un sermón aburridísimo.

No era culpa suya, pero podía haber estado hablando de cualquier otra anciana. Venga perorar sobre lo mucho que le gustaba visitar antiguas iglesias y lo buena que era con los animales.

Ben tenía ganas de gritar, de decirles a todos, a sus padres, a sus tíos y tías, a todo el mundo, lo increíble que era la abuela, que contaba unas historias alucinantes.

Y por encima de todo quería hablarles de la maravillosa aventura que había vivido con ella, y decirles que habían estado a punto de robar las joyas de la corona, y que habían conocido a la mismísima reina de Inglaterra.

Pero nadie se lo habría creído. Ben tenía once años. Todos pensarían que se lo estaba inventando.

Cuando llegaron a casa, la mayor parte de las personas que estaban en la iglesia se reunieron con ellos para acompañarlos en el duelo, beber litros de té y comer kilos de sándwiches y hojaldritos de salchicha. Resultaba extraño ver la casa llena de adornos navideños en un momento tan triste. Al principio, los invitados charlaban sobre la abuela, pero no tardaron en empezar a cotillear sobre sus cosas.

Ben estaba solo en el sofá, oyendo a los adultos. La abuela le había dejado en herencia todos sus libros, que ahora abarrotaban su habitación. Se sentía tentado de buscar refugio entre sus páginas.

Al rato, una anciana de aspecto amable cruzó el salón despacio con su andador y se sentó junto a él.

—Tú debes de ser Ben. No te acuerdas de mí, ¿verdad? —preguntó la anciana.

Ben se la quedó mirando unos instantes.

No, no se acordaba.

—La última vez que te vi fue en tu primer cumpleaños —dijo la anciana.

«¡Cómo iba a acordarme!», pensó Ben.

—Soy Edna, la prima de tu abuela —dijo—. Solíamos jugar juntas de pequeñas, cuando teníamos más o menos tu edad. Hace unos años me caí, y como ya no podía valerme por mí misma, me mandaron a una residencia de ancianos. Tu abuela era la única persona que venía a verme.

—¿De verdad? Creíamos que apenas salía de casa —dijo Ben.

—Pues venía a verme una vez al mes. Y eso que tenía que coger cuatro autobuses. Le estoy muy agradecida.

—Era una mujer muy especial.

—Desde luego. Amable y considerada como pocas. Verás, yo no tengo hijos ni nietos, así que tu abuela y yo nos pasábamos horas jugando al Scrabble en el salón de la residencia.

—¿Jugaban al Scrabble? —preguntó Ben.

—Sí. Me dijo lo mucho que también te gustaba jugar con ella —comentó Edna.

Ben no pudo evitar sonreír.

—Sí, me encantaba —dijo.

Y para su propia sorpresa, descubrió que no estaba mintiendo. Al echar la vista atrás, se daba cuenta de lo mucho que había disfrutado con la abuela. Ahora que ya no estaba, cada momento que había pasado con ella le parecía un tesoro más valioso incluso que las joyas de la corona.

—Tu abuela hablaba de ti a todas horas —dijo Edna—. Decía que eras la luz de sus ojos. Le hacía mucha ilusión que durmieras los viernes en su casa. Decía que era el mejor momento de la semana.

—Para mí también lo era —dijo Ben.

—Pues si te gusta el Scrabble deberías pasarte algún día por la residencia para que echemos una partidita —sugirió Edna—. Ahora que tu abuela ya no está, no tengo a nadie con quien jugar.

—Me encantaría —dijo Ben.

Aquella noche, mientras sus padres veían el especial navideño de *Baile de estrellas,* Ben salió por la ventana de la habitación y se deslizó por el bajante. Sin hacer ruido, sacó la bicicleta del garaje y se dirigió por última vez a casa de la abuela.

La nieve crujía bajo las ruedas de la bicicleta.

Ben veía los copos de nieve cayendo despacio sin apenas prestarles atención. Se sabía el camino de memoria. Había ido tantas veces en bici a casa de la abuela en los últimos meses que conocía cada palmo de carretera, con sus baches y sus grietas.

Se detuvo ante la casita de la abuela. Había nieve esparcida sobre el tejado. El correo se apilaba en el portal, las luces estaban apagadas y había un letrero de «Se vende» del que colgaban varios carámbanos de hielo.

Pese a todo, una parte de Ben casi esperaba ver a la abuela asomada a la ventana. Mirándolo con aquella sonrisa alegre.

Pero no ocurrió, claro. Se había ido para siempre.

Aunque seguiría llevándola en el corazón.

Se secó una lágrima, respiró hondo y volvió a casa.

Algún día, cuando fuera abuelo, tendría una historia alucinante que contar a sus nietos, eso sí.

Epílogo

—La Navidad es una época especial —dijo la reina, seria y formal como siempre, sentada con aire majestuoso en una silla de época en el palacio de Buckingham. Dando una vez más su discurso anual.

Después del tradicional almuerzo de Navidad, Ben y sus padres se habían dejado caer los tres en el sofá, cada cual con su taza de té, para ver a la reina por la tele, como todos los años por esas fechas.

—Una época en que las familias se reúnen para celebrar las fiestas —prosiguió la soberana—. Pero no nos olvidemos de nuestros mayores. Unas semanas atrás tuve ocasión de conocer a una señora más o menos de mi edad y a su nieto en la Torre de Londres.

Ben se removió en el sofá, alarmado.

Miró de reojo a sus padres, que seguían con los ojos puestos en la pantalla, ajenos a su inquietud.

—Ellos me hicieron reflexionar sobre la necesidad de que nuestra juventud se muestre un poco más amable con los ancianos. Por eso apelo a todos los jóvenes que me estén escuchando: la próxima vez que viajéis en autobús, ceded vuestro asiento a una persona mayor; cuando veáis a un anciano cargado con la compra, ofreceos para ayudarlo. Jugad al Scrabble con nosotros. Y, por qué no, invitadnos a una bolsa de caramelos de vez en cuando. A los mayores nos chiflan los de sabor a menta. Y por encima de todo, mis jóvenes súbditos, quiero que recordéis que los ancianos no somos aburridos. Nunca se sabe, el día menos pensado hasta puede que os escandalicemos.

Y entonces, con una sonrisita maliciosa, la reina se levantó la falda y enseñó a todo el país sus bragas con la bandera del Reino Unido.

Al verla, los padres de Ben se atragantaron y escupieron el té sobre la alfombra.

Pero Ben se limitó a sonreír.

«La reina es una gánster total —pensó—. Igual que mi abuela.»

Agradecimientos

Me gustaría dar las gracias a un puñado de personas que me ayudaron con este libro.

En primer lugar, a Tony Ross, poseedor de un inmenso talento, por sus mágicas ilustraciones. En segundo lugar, a Ann Janine-Murtagh, la brillante editora jefe de literatura infantil de HarperCollins. A Nick Lake, mi incansable editor y amigo. A los maravillosos diseñadores James Stevens y Elorine Grant, que trabajaron en la cubierta y el texto, respectivamente. A la minuciosa correctora Lizzie Ryley. A Samantha White, por su estupendo trabajo como publicista de mis libros. A la encantadora Tanya Brennand-Roper, que se encarga de la versión en audio de los mismos. Y, por supuesto, a mi agente literario Paul Stevens, de Independent, por su apoyo entusiasta.

Pero, por encima de todo, me gustaría daros las gracias a vosotros, chicos, por leer mis libros. Es un gran honor para mí que vengáis a verme a las presentaciones, que me escribáis o me enviéis vuestros dibujos. Me encanta contaros historias y espero poder sacarme unas cuantas más de la chistera. ¡No dejéis de leer, es bueno para la salud!

montena

montena